LEVER DE RIDEAU

La rencontre
Dirigée par Anne Bourguignon

La rencontre est une histoire qui nous appartient.

ISSN 2491-8261
EAN 9782363083630

Olivier Rasimi

LEVER DE RIDEAU

arléa
16, rue de l'Odéon, 75006 Paris
www.arlea.fr

Pour Sophie

Naître ou ne pas naître ? Toi, elle te garde. Peu importe les obstacles, la crainte de souffrir, de mourir peut-être, la honte et les qu'en-dira-t-on, elle t'aime dès qu'elle te sait en elle. Rien ne pèse, seule l'ombre remue.

Argenteuil se perd alors au milieu de fumées d'usines et d'ateliers d'artisans, de rues étroites et de jardinets où vit un peuple innombrable et sérieux d'ouvriers à deux pas des reflets argentés de la Seine. Bordé de rares arpents d'une vigne dont on tirait le vin d'un roi et de quelques champs d'asperges blanches que les maraîchers vendaient sur les marchés de la capitale, le fleuve s'écoule large comme le Nil.

Unique enfant conçue hors mariage, hors concubinage, hors de l'admissible, sauf de l'amour qui est tout, tout et rien dès lors que l'opprobre vous désigne comme fille-mère et rejeton d'un moment d'égarement qu'aucune excuse ne justifie dans cette famille dont ta mère est l'ainée d'une fratrie de quinze, une seconde maman en quelque sorte, et qu'on croyait honnête, mais non finalement, et voilà un seizième enfant qu'il faut nourrir, élever quand le dernier est encore au berceau, Pierrot, ton oncle qui sera comme un frère pour toi qui t'apprêtes à grandir parmi les tiens, ou à côté, dans leur banlieue, à pousser comme ces petites fleurs des talus qu'on ne remarque pas. Être ne demande aucun effort.

En cette année 1932, on n'a pas encore institué les crèches gratuites, les congés parentaux, ni les congés payés, pas plus la Sécurité Sociale, les antibiotiques, l'assurance chômage ou celle des retraites. Mais le travail en usine oui. Et des usines on en voit s'implanter de plus en plus à Argenteuil, Colombes, Levallois, Billancourt : aéronautique, automobile, métallurgie, matériel ferroviaire, armement, le travail ne manque pas, où l'on fabrique rails, roues, moteurs, ailes, carlingues. Pour ta mère, ce sont les altimètres, les cadrans de vitesse, à la chaîne, chez Lorraine-Dietrich puis chez Breguet où elle se spécialisera dans le montage de chronographes qui demande plus de précision, mais offre un meilleur salaire grâce auquel on vous garde dans la tribu Muller. Sans lui, il est probable que les parents vous auraient chassées sur un coup de sang, dès le ventre gros, à cause de la honte, du regard des commères, des voisins, des soupirs embarrassés des proches, et aussi parce qu'ils connaissent le père de l'enfant, on l'a vu en compagnie de leur fille, un Italien, de ceux arrivés après-guerre pour travailler dans le bâtiment, tous anarchistes ou communistes qui baragouinent le français et séduisent les femmes. Ils occupent deux quartiers d'Argenteuil : Volembert et Mazagran, qu'ils ont rebaptisé Mazzagrande, dans de petites maisons en bois entourées de jardins où ils cultivent leurs légumes, près de carrières de gypse où leurs garnements vont se battre. Ils ont leurs épiceries, leurs boucheries, leurs cafés qui restent ouverts jusqu'à pas d'heure. Il y en a quatre rien que dans la rue Allemane, une véritable *Ritalie*. C'est sans doute là qu'elle l'a rencontré, ou peut-être dans une guinguette de la Seine, parce qu'ils aiment aller au bal, les *Macaronis*, boire et danser. Et elle aussi, pour son malheur.

Durant la journée, elle te confie à Madeleine, une de ses sœurs qui a quitté l'école, ne travaille pas encore, a le visage d'une poupée et les cheveux aussi blonds que les tiens. Elle s'occupe bien de toi et de Pierrot, ensemble, cela l'amuse les biberons, changer les langes, les laver, promener les petits, les voir dormir, babiller. La pièce qu'elle reçoit en douce vient de surcroît, elle le ferait de toute façon. Elle aime l'odeur des bébés, leur chair potelée, le silence de leur sommeil. Elle fera une bonne mère, comme sa grande sœur, mais mariée, elle. Les tout-petits n'ont nul besoin de père, une mère suffit grandement. Elle s'y entraîne chaque jour.

Le soir venu, elle remet le trésor entre les mains de sa sœur dont elle ne comprend pas la grande fatigue qui lui tire les traits. Sans doute est-ce d'avoir travaillé, marché depuis l'usine à Colombes, d'avoir traversé la Seine, les rues du vieil Argenteuil. La petite s'endort avec Pierrot dans le lit d'enfant qui a servi à tous, dans la chambre des filles, six en tout, deux par lit.

Ta mère a du mal à s'endormir à cause des lueurs du réverbère dans le nylon des rideaux, des ronflements de ses sœurs, de ses pensées qui ne trouvent pas le chemin des rêves. Elle écoute le souffle des bébés qui fait comme un chuchotis à l'oreille, plein de secrets.

Il faut dire que tu es bien mignonne avec ta bouille ronde, tes cheveux d'ange et les billes de tes grands yeux. Pour ton premier anniversaire, on t'a amenée au studio Paul Cadé de Levallois faire une photographie au format carte postale. Tu es en pied, debout sur une chaise, en chemise blanche, appuyée contre une table, bien droite et fière, le front bombé d'une mèche, tout étonnée d'être là. Tu as tenu la pose sans pleurer. Le photographe a félicité ta mère. Un an, ça n'est pas rien. C'est le premier tour de piste sur la grande scène de la vie.

J'avais pris l'habitude de t'appeler chaque soir vers dix-huit heures. Je ne sais pas pourquoi cette heure s'est imposée à moi, à nous, elle nous semblait la bonne, prise entre le jour et la nuit, déposée dans son attente, une heure de crépuscule, même quand l'été le soleil brille haut dans le ciel et qu'en hiver il fait nuit noire. Je n'avais pas besoin de consulter d'horloge, elle était imprimée dans celle intérieure qui, où que je fusse, me rappelait à toi et au téléphone fixe ou portable que j'emploierai à te joindre. Cet appel de dix-huit heures, personne d'autre que moi n'aurait pu le passer, personne d'autre que toi le recevoir. Il en allait de la régularité du monde, presque d'une règle cosmique, comme la Terre tournant autour du soleil, ou la lune autour de la Terre, d'une loi naturelle à laquelle, pour déchoir, il eut fallu une catastrophe l'empêchant de s'accomplir. Plus tard, je compris la pertinence d'ordre symbolique qu'imposait le chiffre dix-huit dès lors qu'additionnant le un au huit j'obtenais un neuf, et, dans la langue française qui sait si bien jouer avec les mots, du neuf, c'est ce que fait l'amour : il renouvelle perpétuellement ce que le temps passe à user.

Tu répondais à la deuxième ou à la troisième sonnerie, jamais avant. Je te demandais alors comment s'était passée ta journée, tes courses dans le supermarché de la rue, le menu du déjeuner, la visite à l'hôpital quand c'était le jour de ton traitement, je te parlais des géraniums que tu venais d'arroser, des émissions que tu regardais à la télévision.

Puis à ton tour tu t'enquerrais de mon travail, de ma santé, de celle des enfants. Le coup de fil ne durait pas très longtemps, l'essentiel résidant ailleurs que dans les informations que nous échangions et qui variaient peu de jour en jour. Tu ne te plaignais que très rarement, ou alors par un silence appuyé, une toux un peu plus prolongée. Au son de ta voix que le combiné du téléphone assemblait dans mon oreille, j'éprouvais la douceur douloureuse de ta présence, t'imaginant dans ton fauteuil, un cahier de mots fléchés sur tes genoux, ou enfoncée dans le canapé devant le téléviseur dont tu avais coupé le son, ou, aux beaux jours, sur ton balcon dont le passage d'une voiture me restituait soudain le maigre décor fleuri. Nous raccrochions en même temps, après un à demain qui sonnait quelquefois comme un adieu.

De ces conversations, je n'ai rien retenu, aucun détail ni anecdote qui puisse faire mémoire, encore moins littérature. Le présent seul suffisait. Un présent réduit au son d'une voix que des ondes satellitaires me transmettaient chaque soir à dix-huit heures. Une voix qui, si étroite fut-elle, recomposait une présence, une chair, un être, une personne née en 1932 à laquelle, je ne sais pourquoi et m'en veux à présent, il ne me venait pas à l'idée de questionner l'enfance, la jeunesse, la famille, tantes, oncles, cousins que tu ne voulais pas revoir, dont une fois j'avais tout de même rencontré plusieurs représentants, compris aussitôt les raisons de ce rejet.

Je ne crois pas à l'au-delà et ne me fie qu'à l'ici-bas. Aux voix qu'il porte de proche en proche. Il suffit de tendre l'oreille, de réunir les éclats éparpillés. De recomposer ce qui n'a peut-être jamais existé, mais vit éternellement.

Tu disais que pour bien jouer la comédie, il fallait ne pas jouer la comédie.

Cela vaut aussi pour l'écriture d'un livre.

À quatre ans, tes cheveux sont d'une blondeur exquise, ils bouclent, s'entortillent, volent au vent. Quand vous vous promenez, les gens s'arrêtent sur votre passage, les dames veulent caresser ce petit ange. Tu te laisses faire, ou non, c'est selon ton humeur, le temps qu'il fait, les promenades du dimanche.

Celle qui vous mène à Orgemont est ta préférée à cause du moulin qui sur la butte pointe son toit de tour de guet. On prend derrière la gare, puis la rue de la République, on passe devant l'épicerie Buttinoti qui vend du vin, du cidre et des casse-croûtes pour les promenades à la campagne. Les maisons poussent ici comme des champignons derrière des murets, des palissades et au milieu de petits jardins. Maman t'explique que, dans son enfance, c'étaient des champs, des vignes et des chemins aux bosquets piaillant d'oiseaux.

On croise le Pavillon Bleu où l'on buvait le piccolo, un vin d'ici, aigrelet, et, juste en face, la Closerie d'Orgemont fréquentée surtout par les gens de Paris. Rue Pasteur se trouve la maison du docteur Bérault qui reçoit les accidentés du travail tous les jours sauf le dimanche, et Dieu sait qu'il y en a de pauvres bougres qui perdent un doigt, une main ou pire dans les laminoirs. Un de tes oncles s'y est rendu l'hiver passé. Cette maison grise te fait un peu peur, dressée contre le ciel en moellons serrés et fenêtres à petits carreaux derrière lesquels on n'entend pas les hommes crier. Mieux vaut détourner les yeux, passer son chemin et commencer l'ascension de la butte. Déjà l'on aperçoit le moulin qui ne tourne plus depuis belle lurette et, soudain, c'est l'entrée de la guinguette, un portail en bois freluquet sous l'arceau duquel on s'engage, enveloppés de la rumeur joyeuse des convives. S'il y a de la place, on s'assied le temps d'une limonade et d'un verre de cidre. Sinon le bruit des rires et les chansons suffisent, et le bonheur des gens. On s'en retourne alourdis de gaieté. Sur le coteau, des promeneurs assis dans l'herbe déjeunent en chemise près de paniers d'osier d'où dépassent des bouteilles. Tu rêverais de faire comme eux en compagnie de Pierrot, de Madeleine, de Monique, de Pépette aussi, et, pourquoi pas, de Dédé que tu aimes bien quand même. Oui, et de t'endormir là, dans le chant des oiseaux.

La seconde balade fatigue un peu les jambes, on la réserve par beau temps. Il faut traverser Argenteuil, descendre la rue du Port, passer devant le grand magasin Pagoni-Ozon, son portail en fer, la devanture de belles robes, les présentoirs hérissés de canotiers comme si les messieurs les avaient laissés là pour entrer avant d'aller s'amuser plus bas, dans la guinguette de l'île dont parviennent les premiers flonflons. Une maison carrée, une grande terrasse, l'estrade de l'orchestre, le parquet des danseurs, et de la musique, plein de musique et de gens qui te donnent aussitôt l'envie de danser, de gigoter comme dit ta maman, car c'est plus fort que toi.

Pour accéder à la guinguette, mieux vaut être accompagné d'un homme, et vous n'en avez pas. C'est idiot, car on peut bien danser toute seule, ou avec sa maman. Ne pas avoir de père ne t'a jamais gênée, sauf ici. Ou quand les enfants te demandent où il est et que tu ne sais quoi répondre, parce que tout le monde a un papa, c'est obligé, voyons, mais toi non, et les larmes te viennent puisqu'il faut bien que quelque chose sorte à la place des mots. Puis tout rentre en dedans, la danse, la joie, la musique, le papa, et vous poursuivez votre balade sur le chemin de halage, sous le pont du chemin de fer, le long du fleuve où passent des voiliers grands comme des jouets. Plus loin, près du café du Coq Hardi, du linge flotte au vent sur de grands étendoirs devant l'auvent ouvert de longs bateaux-lavoirs. Des garçons jouent au bord de l'eau, ils s'éclaboussent en riant, se jettent la boue au visage. Mais, là encore, maman retient ta main, tu risquerais de te salir et tu n'as qu'une robe du dimanche.

De l'autre côté de la Seine, sur les berges de Gennevilliers, la centrale électrique dresse ses drôles de cheminées en forme de tuyaux d'orgue d'où s'échappe, au lieu de musique, un long panache de fumée blanche. L'eau bleue du fleuve sous le soleil appelle à la baignade. Des pêcheurs lancent leur ligne, attendent, taquinent le goujon comme dit maman, un seau en fer blanc à leurs pieds dans lequel, penchés sur l'eau trouble, on voit les poissons mourir le ventre en l'air. Les berges se prolongent ensuite par une belle promenade percée d'allées sous les arbres, d'un kiosque à musique où joue parfois une fanfare, mais ces airs-là cassent les oreilles, personne n'aurait l'idée de danser. On s'attarde malgré tout. Il y a des chaises, de vieux messieurs en chapeau rond, de l'ombre et du sable où, entre les taches de soleil, on dessine ce qu'on veut du bout du doigt.

Doucement c'est le soir. Un parfum de vase venu du fleuve, le jour qui s'incline et salue. Et l'on retourne par où l'on est venu. Il faut faire vite maintenant, oublier les guinguettes, les moulins, les déjeuners sur l'herbe, car on est déjà demain.

Ta maman part au travail, tu dors encore, son absence au long de la journée, les chamailleries avec Jeannot sous le regard de Marguerite, les soupirs muets de Pierrot. Tout est pareil, mais à l'envers. Les pavés d'Argenteuil, les palissades, les jardins. Tu as conservé un peu de sable dans ton poing au cas où vous vous perdriez.

Le théâtre du Petit Monde ouvre ses portes les jeudis après-midi. La maîtresse d'école vous a prévenus, il faudra être sages, ne pas courir partout, rester bien à sa place, car il y aura beaucoup de monde, beaucoup d'enfants venus assister au spectacle, deux pièces, *Les Malheurs de Sophie* et *Un bon petit diable*. C'est la première fois que tu vas au théâtre. Il est situé sur un boulevard bruyant de piétons, de voitures, d'autobus, rien à voir avec Argenteuil où l'on traverse les rues en un clin d'œil. Ici, un flot ininterrompu d'engins emporte tout sur son passage. Tu es venue à Paris deux ou trois fois avec maman et Madeleine pour y faire du lèche-vitrine, comme elles disent, sans rien acheter, ou un colifichet parfois parce que tout y est hors de prix. On se croirait dans un autre pays, un pays où tout est plus grand, plus beau, les trottoirs, les maisons, les immeubles dont les toits touchent le ciel, les magasins, et ce théâtre devant lequel tu attends pour entrer avec tes camarades de classe.

La façade fait penser à celle d'un cirque à cause des couleurs et du masque qui là-haut vous regarde, bouche grande ouverte. En passant la porte, tu as ressenti comme un éclair vif et doux dans le ventre. Tu suis la file des enfants entre des murs peints en rouge, des colonnettes, et des affiches de spectacles, un hall si long, si rouge qu'on pense qu'il ne va pas finir, ou sur quelque chose d'encore plus beau. Des dames en noir ouvrent des portes sur une salle immense peuplée de fauteuils en velours cramoisi, encorbellée de balcons et de niches où déjà les petits spectateurs ont pris place. Un grand rideau du même rouge palpitant dissimule la scène. L'espace bruit de rumeurs étouffées, d'exclamations retenues, de rires sur lesquels un grand lustre en cristal laisse pleuvoir une clarté de conte de fées. Tu t'assieds au milieu de ce monde qui, où que tu tournes ton regard, s'accroît d'un nouveau miracle de lumières, de dorures, de boiseries. Ton fauteuil est recouvert d'un velours doux comme la fourrure d'un chaton. À rebrousse-poil, il te fait frissonner jusqu'à l'extase. Tes amies, elles aussi, sont aux anges. Leurs yeux pétillent comme à la fête foraine.

La maîtresse a expliqué que la compagnie du Petit Monde est exclusivement constituée d'enfants dont certains ont joué au cinématographe comme cette Gaby Triquet qui avait interprété Cosette dans *Les Misérables* de Victor Hugo que tu n'as pas vu, puis, pour préparer la classe au spectacle, elle a lu et fait lire des extraits des *Malheurs de Sophie* que tu n'as pas trouvés amusants. Son air de petite fille modèle à qui on pardonne tout t'agace. *Un bon petit diable* en revanche te semble plus réjouissant et tu as hâte de le voir. Une sonnette grelotte et les retardataires rejoignent leur place. En haut, cela chahute un peu, des garçons, une engeance dont il faut se méfier, qui lancent des boulettes en papier depuis le deuxième balcon. Puis les lumières se mettent à baisser, et les voix, et le monde. Tout est plongé dans l'obscurité. Cela va commencer. Toi, tu retiens ton souffle.

Il suffit de peu de choses, trois coups frappés dans la pénombre, un rideau qui se lève, des silhouettes qui paraissent, des pas qui craquent sur la scène, une voix qui retentit, et l'on est projeté en avant de soi, dans la magie. Les jeunes comédiens s'interpellent, s'agitent, se bousculent, ils sont drôles, émouvants, costumés comme dans un livre d'histoire. On jurerait assister à la vie, une vie réduite aux dimensions d'une boîte, une vie plus vraie, plus forte, plus simple, condensée en saynètes successives cousues ensemble. Cela fait rire, s'émerveiller, pleurer. Tu regardes le spectacle, plus rien n'existe. Toi, tu as disparu, métamorphosée en Mac'Miche, Betty, Old Nick, et Sophie,

Paul, Camille, Madeleine. Un peu de toi passe de l'un à l'autre le temps d'un souffle, d'un regard, d'une réplique, tu es chacun d'eux et aucun, et tous ensemble, ravie, légère, libre de ne pas choisir, de tout prendre et de laisser, de ne saisir que l'essentiel qui est toi et n'existe plus.

Lorsque tu sors de ce rêve, c'est pour applaudir tant et plus que tes paumes te font mal. Les lumières se rallument, le rideau se relève, et la petite troupe salue, se tenant par la main en une longue chaîne qui s'incline en rythme, se redresse et s'incline à nouveau. Mais ce ne sont plus les mêmes, ils sourient sous leur maquillage, se regardent l'un l'autre, en costumes toujours, mais sans plus les habiter vraiment, flottant. Si tu es heureuse pour eux, si reconnaissante du plaisir partagé, mais tu leur en veux tout de même de ce mensonge. Le rideau s'abaisse et cette fois c'est fini, il faut quitter ton siège, vaguement triste, joyeuse encore, et, comme alourdie de vie, tu retrouves tes amies, la maîtresse, les boulevards, Paris et l'autocar pour Argenteuil.

De retour à la maison, quand maman te demande comment était le spectacle, tu ne sais quoi répondre, non parce que tu n'as rien à dire, ce serait plutôt le contraire, mais tout se précipite en toi, s'emmêle confusément, s'engorge. Alors oui, maman, c'était chouette. Tu sens bien que ta réponse la peine, pour la première fois où tu vas au théâtre, mais c'est comme une bouteille de citronnade trop secouée, il faut attendre que ça retombe pour y voir clair. Et secouée, tu l'es jusqu'au fond de l'âme, durablement, tout le soir et même le matin suivant, à l'école, et les autres jours encore, comme d'une fièvre légère et persistante, agréable par moments, obsédante à d'autres. En classe non plus tu n'as pas su raconter ce que tu as sur le cœur alors que les autres filles n'en finissent pas de discuter du spectacle, et pareil à la récréation. À croire qu'il t'a laissée indifférente, un peu bête sans doute, ingrate en tout cas.

Pourtant, la troupe du Petit Monde tu la revois en pensée. Les comédiens, leurs mimiques, leurs répliques et tu rêves d'un nouveau spectacle. Sur le programme à l'entrée du théâtre, on parlait d'*Ali Baba et les Quarante Voleurs*, du *Petit Chaperon rouge* et de *Blanche-Neige*.

Et puis une idée t'es venue, d'abord lentement, une graine d'idée, chaude, ronde, plantée au bon endroit, en plein désir, et qui germe avec le temps, le silence : faire partie de la troupe. Tu as l'âge, certains acteurs étaient même plus jeunes que toi. Tu es jolie, à ce que tout le monde dit et tu apprends les poésies mieux et plus vite que beaucoup d'autres. La Compagnie se produit le jeudi après-midi et toujours dans des salles de Paris, qui n'est pas si éloigné que cela avec le train. Alors tu en parles à maman qui ne dit rien, te dévisage, sourit. Ah ! mais elle cachait bien son jeu celle-ci ! C'est de famille sans doute. Il faut qu'elle réfléchisse. Peut-être cela pourrait faire entrer un peu d'argent à la maison. Avec cette guerre qui approche, on en aura besoin. Édouard Daladier, que Jeannot appelle Saladier, ce qui ne fait plus rire personne, l'a déclarée au nom du peuple français le mois précédent à cause d'un pays où on ne met jamais les pieds, et un dimanche de surcroît, comme si ça ne pouvait pas attendre le lundi. Pour l'instant les Boches ne bronchent pas. Alors c'est oui ?

Tu attendras quelques semaines sur des charbons ardents que maman veuille bien rencontrer le directeur de la troupe, Roland Pilain, un homme gentil, qui te reçoit et t'auditionne. À l'écouter, les enfants vont et viennent, on ne peut pas les garder très longtemps, et puis ils grandissent, aussi y a-t-il souvent de la place pour de nouveaux comédiens. Tu lui fais bon effet, et le jour même il t'embauche. Il ne sait pas encore pour quel rôle, quelque chose de modeste pour commencer, peut-être un des voleurs d'Ali Baba, il lui en manque toujours, ou l'un des nains de *Blanche-Neige*, on verra. Pour toi, c'est tout vu : tu es comédienne dans la grande troupe du Petit Monde. Ton nom est inscrit sur le contrat. Noir sur blanc.

Sept ans, l'âge de raison.

Déjà celui de la passion.

Pour nous rendre à l'hôpital, nous remontions la rue des Moines, traversions le square des Épinettes et rejoignons l'avenue de Saint-Ouen. Je marchais à tes côtés, tu me prenais par le bras, moi, la chair de ta chair comme tu le répétais fièrement, malgré la gêne que me causait cette expression, l'idée de viande crue qu'elle éveillait en moi, et peut-être là encore, à ton bras, mais comme inversée, car c'est moi qui te conduisais désormais, soutenais ta chair devenue douloureuse.

Tu avançais d'un pas à la fois décidé et retenu. Quinze minutes nous séparaient de la séance de radiothérapie, nous parlions peu, nous dirigeant moins vers l'ombre des platanes de l'avenue qu'à celle que le médecin avait jetée dans notre esprit quelques semaines auparavant.

Il faisait beau pourtant, le soleil entrait par la fenêtre du cabinet alors que nous étions assis devant le praticien qui consultait ton dossier. Les nouvelles n'étaient pas bonnes, la maladie en était arrivée à un stade avancé, le protocole des soins serait plus lourd que prévu. Comme à ton habitude de ne faire ni une ni deux, tu lui avais demandé de te dire la vérité. Il nous avait regardés quelques secondes, puis délivré son diagnostic : une année. L'ombre s'était abattue sur nous, le temps suspendu, la vie éclipsée. Les médecins connaissaient leur métier. Inutile de se révolter.

Avec sa taille imposante, l'hôpital tenait de l'usine par sa cheminée qu'on apercevait dès la porte de Saint-Ouen et du supermarché où un flot continu de personnes entrait et sortait, patients et personnel soignant confondus, et des badauds peut-être, à cause des boutiques de journaux et de livres, de cadeaux, de confiseries et d'une cafétéria en terrasse. Sur le parvis, des patients venaient fumer une cigarette ou prendre l'air, discuter entre amis, en robe de chambre, un nécessaire à perfusion près d'eux. Nous pénétrions dans l'immense hall, l'ascenseur nous menait au sous-sol où, passé le long boyau du couloir, nous arrivions dans une petite salle d'attente vitrée. Nous nous asseyions à la lueur de néons en compagnie de deux ou trois personnes, jamais plus, jamais les mêmes, soudain transis non de froid, car il y faisait bon, mais d'une angoisse que la blancheur des murs et le silence souterrain distillaient. Une infirmière arrivait, t'appelait, tu lui confirmais ton nom, la suivais le long du couloir. Une porte se refermait derrière toi.

La séance durait d'une demi-heure à une heure selon le protocole. Le battant de la porte s'ornait d'un sigle qui faisait penser à ceux des centrales nucléaires. J'imaginais de puissants rayons traversant la chair dont j'étais la chair, les cellules malades brûlées, le sang se précipitant sous ce feu. Près de moi, une femme, un homme lisaient un livre ou le journal sans relever les yeux. Aucun ne paraissait malade. Peut-être s'acheminaient-ils vers la guérison.

Orphelin est un mot ailé, un peu fané, qui vient du grec. On y entend le nom d'Orphée, une musique d'orphéon. L'adulte s'y change en petit enfant à jamais seul, à jamais vrai. Un bonheur clos s'ouvre à lui qu'il porte à bout de cœur, les yeux fermés. Je ne m'occupais à rien dans la salle d'attente, ou jetais parfois un œil rapide à mes voisins, m'interdisant par pudeur d'imaginer leur souffrance. Tu revenais de ta séance un peu plus pâle, un peu plus faible et nous remontions à la surface, regagnions le monde et la vie, la rue, les commerces de l'avenue, nous y arrêtant pour acheter quelque chose à manger qui te ferait plaisir, car il fallait que tu reprennes des forces, mais souvent tu ne voulais rien.

Je te tenais compagnie une heure ou deux, préparais le déjeuner, le partageais avec toi dans la cuisine, puis tu reprenais tes mots fléchés, me chassant doucement de la main, Va, mon chéri, va ! Tu as bien d'autres choses à faire ! Je t'embrassais. Oui, à demain au téléphone. Par délicatesse, tu ne me regardais pas m'en aller comme si je n'étais que de passage, ou bientôt de retour, ou déjà parti, ou comme si tu n'avais pas besoin de moi pour m'avoir près de toi.

En te laissant, j'éprouvais l'inutilité fondamentale de ma présence. Sa quasi-imbécillité. Sa vacuité. J'étais un fils dont la mort allait bientôt emporter la mère. Et face à elles, je ne faisais pas le poids.

« Avez-vous ici l'herbe qui chante ou l'oiseau qui est bleu ? » Carabosse a le nez crochu, un œil crevé et une bosse. C'est le soir de Noël. Les enfants du bûcheron observent par la fenêtre ceux du voisin se régaler de gâteaux devant un sapin chargé de jouets. La carabosse, en réalité une fée, fait apparaître aux enfants les compagnons qui les guideront dans leur mission pour retrouver l'oiseau bleu : un chien, un chat, l'eau, la lumière, le feu, le pain et le sucre.

Toi, tu es l'Eau, coiffée de fleurs, une robe couleur-du-temps de Peau d'Âne, bleu pâle à reflets translucides. Le chien est en habit rouge et culotte blanche, la lumière est en couleur de lune, le chat en petit paysan, le pain en costume de pacha, le sucre en robe de soie, et le feu en maillot rouge doublé d'or. Ce rôle de l'Eau te plaît. Dans *Blanche-Neige*, tu étais Simplet, vêtue d'un manteau trop grand pour toi. Tu marchais sans arrêt dessus et même tu es tombée, ce qui a fait rire tout le monde. Sauf toi. Tes camarades, et même monsieur Pilain, ont pensé que tu l'avais fait exprès et ils t'ont félicitée. La fois suivante, tu as recommencé. Simplet restait muet alors que maintenant tu as tout un tas de répliques. Ta préférée est à la fin de la pièce, lorsque tu quittes les enfants, tu dis : « Aimez bien les Fontaines, écoutez les Ruisseaux. Je serai toujours là. » Ce n'est pas un grand rôle, mais c'est le tien. Maman, à la première représentation, s'est dite très fière de toi, ça se voyait sur son visage. Il y avait aussi Madeleine, la pauvre Pépette, Monique, Dédé et Pierrot qui n'en revenait pas de te voir sur scène, tu ne te ressemblais pas selon lui, on aurait dit une autre, plus belle.

Chaque jeudi, Maman te dépose au théâtre à l'heure du déjeuner. Le soir, tu l'attends dans l'un des fauteuils du foyer, confortablement assise contre le velours rouge en compagnie de camarades, ou seule, car elle finit tard, rate le train quelquefois et prend le suivant, plus tard. Monsieur Pilain te fait servir une limonade, ou un chocolat chaud. Tu regardes par les fenêtres l'animation de la rue, les lumières du crépuscule. Le printemps approche, mais il fait encore froid, un froid sec, mordant. Dans *L'Oiseau bleu*, tout le monde cherche le bonheur. Il y a cent personnages, des spectres et le pays des Morts, le palais de la Nuit et des parents qui vous aiment.

Vous avez emménagé à Levallois-Perret, rue Paul-Vaillant-Couturier, pour te rapprocher de Paris, et t'éloigner de ton père. Maman te l'a montré un jour, dans la rue, pantalons larges et pull-over moulant, une casquette sur la tête. Il discutait en italien avec des amis, gesticulant avec ses mains : ton père. Tu ne sais pas si tu le détestes ou non, parce qu'il est beau, grand, blond bouclé aux yeux clairs. Depuis, quand tu le croises, tu t'approches de lui. Bonjour papa ! Comment ça va, papa ? C'est moi, ta fille ! Il ne répond jamais, ouvre de grands yeux étonnés, tourne la tête, change de trottoir. Tu ne porteras jamais son nom, mais gardes de lui une fossette au menton et la méfiance innée des hommes.

L'appartement est à côté de l'usine. Maman travaille pour la maison Jaeger au mécanisme des montres et des chronomètres, un travail de précision où il faut de bons yeux et user de gestes méticuleux. Les locaux, accolés à la chocolaterie Meunier, embaument le cacao. Elle en rapporte des effluves, le soir, dans son nouveau manteau noir à large col en V. Elle retire son béret, secoue ses cheveux, pose le filet de courses sur la table de la cuisine. Un deux-pièces donnant sur rue, cela vous suffit. Vous y êtes mieux que dans la maison familiale cousue de cris, d'injures et d'odeurs. Surtout depuis l'accident de Pépette.

C'était un soir à l'heure du dîner. Mémé préparait avec Madeleine un plat de pois cassés au lard, toute une bassine comme d'habitude. Le Père était déjà à table à boire son vin rouge et il avait faim. Le pois cassé, c'est long à cuire, si l'on y met trop d'eau ça devient de la soupe, et pas assez ça colle et brûle au fond. Alors il faut surveiller, remuer souvent et patienter. Des bulles crevaient la surface, épaisses et vertes, signe que ce serait bientôt prêt. Mais le Père voulait qu'on serve tout de suite, il n'avait pas que cela à faire ni le goût des dîners en famille. On ne sait pas exactement ce qui s'est passé. Mémé a pris une anse de la bassine, Madeleine l'autre. C'était lourd. Le Père criait. Pépette a voulu aider, elle a glissé, buté contre Madeleine qui a lâché l'anse de la bassine et, d'un coup, tout le pois cassé s'est déversé sur Pépette, sur le côté droit de son visage, son épaule et le bras. Elle hurlait de douleur, à demi recouverte de la purée qui se figeait sur sa peau, comme une autre peau verte et fumante sous laquelle la sienne fondait. Maman s'était précipitée avec un broc d'eau qu'elle avait versé sur elle, mais ça restait collé partout, les vêtements et le visage. On avait porté Pépette dans la chambre, retiré la croûte de pois cassé, enduit le visage et le bras d'huile et de baume des Pyrénées, changé toutes les heures les compresses. Pépette avait fait de la fièvre. Le Père ne voulait pas qu'on aille chercher le médecin. Madeleine avait soigné sa sœur et veillé plusieurs jours durant sur elle qui toute la vie garderait la trace de ses brûlures.

Tu te rappelles ce drame et la dureté de ce grand-père que tu n'as jamais aimé, sa face carrée, couperosée, ses mains calleuses qui te caressaient en passant, sortaient du lit Monique en pleine nuit, l'emmenaient Dieu sait pourquoi, en chuchotant des mots sévères. Les enfants faisaient mine de dormir. Monique revenait quelques minutes plus tard en pleurant. Il ne voulait pas qu'on l'appelle Pépé ni d'aucun nom, même sa femme s'adressait à lui en disant « l'homme ».

Le dimanche, vous allez à Paris à pied pour assister aux opérettes que maman aime plus que tout, mais le plus souvent c'est le cinéma. Vous traversez la porte Champerret et la place Pereire pour rejoindre par l'avenue Wagram le Ternes-cinéma où l'on joue *Le Petit Chose*. Si l'envie vous dit vous continuez sur les Champs-Élysées jusqu'au Marignan, grand, luxueux, avec une programmation de films américains. Si vous êtes courageuses, vous regagnez la place de Clichy et le Gaumont Palace qui est comme une cathédrale, avec deux balcons qui ressemblent à des ponts se jetant dans le vide et un orgue monumental. Les messieurs y viennent en beau costume, les dames en robe, bien coiffées et l'on s'installe dans de larges fauteuils devant le rideau d'une scène plus grande que celle de ton théâtre. Le spectacle commence par un numéro de magie ou avec des danseurs, des chanteurs, selon le programme. Puis ce sont les actualités, celles de la guerre qui menace, qu'on attend de pied ferme, et, dans l'obscurité et la rumeur enjouée de milliers de spectateurs, le film, enfin.

Le cinéma, c'est de la lumière au travers d'une pellicule qui défile dans un appareil de projection. Maman te l'a expliqué, vingt-quatre images à la seconde projetées sur un écran blanc. Rien n'existe réellement, même si tout est vrai, les visages, les rues, les paysages, les maisons. Un orage éclate, un personnage tire au pistolet, on sursaute, mais l'écran n'est ni mouillé ni transpercé. Les acteurs vivent leur vie comme si vous n'étiez pas là, ils sont d'une beauté à couper le souffle, les Américains surtout, et leurs femmes plus encore, vêtues d'habits précieux, de manteaux de fourrure, de bijoux, le regard brillant. Lorsqu'ils s'embrassent, Maman te met la main sur les yeux, mais tu vois quand même entre ses doigts. On rit, on pleure, on s'émerveille, on a le cœur qui bat, et c'est fini. On sort du Gaumont Palace avec la foule, encore tourneboulé, presque ivre, comme après la fièvre, légèrement triste aussi d'avoir à regagner son quartier, son chez-soi. Dehors, il fait encore jour, mais c'est la lumière terne d'un jour absent. Maman te pose des questions sur le film, ce que tu as préféré, pensé. Pour devenir une comédienne professionnelle, il faut étudier le jeu des vedettes pour mieux s'en inspirer. Elle t'observe de son air dur, et sourit.

Ce bonheur aurait pu durer l'éternité. Ou même quelques mois de plus. Tu ne demandes pas le bout du monde. Un matin, en ouvrant les fenêtres, tu vois tomber du ciel une étrange neige noire qui sent le brûlé, se dépose partout, tache les mains. La voisine explique que ce sont les réserves de fuel des usines qu'on enflamme à l'arrivée des Allemands. Tous les oiseaux sont morts. Les arbres ne chantent plus. Quand les Boches entrent dans Paris, le théâtre du Petit Monde a fermé ses portes.

L'hiver qui suit est effroyable. Vous gardez les volets fermés un mois durant, comptez les boulets de charbon pour la cheminée du salon. C'est toi qui vas les chercher à la cave où le tas diminue chaque jour. Tu remontes le seau en assurant à maman qu'il y en a encore plein, mais tu sais que ça ne durera pas. Pour aller à l'école, tu t'habilles d'un tricot de peau, d'une chemisette par-dessus laquelle tu enfiles un chandail, ta blouse et ton manteau. La blouse à carreaux est plutôt jolie, encore rose malgré les lavages successifs. Tu es boudinée dedans comme le sont toutes tes camarades. La maîtresse conserve son pardessus et un bonnet pour faire la classe, et vous portez toutes des mitaines. De la buée s'échappe de vos bouches. Pourtant le pire n'est pas le froid – la nuit tu dors blottie contre maman –, mais la nourriture.

Tu n'as jamais eu aussi faim. De tout, tout le temps. Rien ne parvient à te rassasier, ni les patates cuites à l'eau, ni la viande une fois par semaine, ni les navets au goût de terre, ni la morue qu'on met à dessaler durant des jours et qui reste comme de la semelle. Le pain sec endolorit les gencives. Pour l'acheter, il faut présenter des tickets qu'on découpe de leurs coupons. Les tiens sont couleur lie de vin, bleus, ou d'un rouge éclatant, numérotés par grammes ou bien de quatre-vingt-dix-neuf à un, c'est selon. Tu es J2. Maman est A. Ses tickets sont rose passé, gris très vilain, parfois caca d'oie. Ceux pour la viande sont rouges évidemment. Le garde-manger est vide. Mieux vaut d'ailleurs ne rien y mettre, car tout y gèle en un instant.

Le plus difficile peut-être est de revenir de l'école sans qu'un goûter t'attende. À cause du froid, tu marches vite en compagnie de ta grande amie Nicole. Ses parents tiennent une épicerie où ils vendent de la farine, des pâtes et du sucre. Et de temps en temps quelques bonbons, des berlingots que Nicole apporte en cachette, deux par deux, un pour chacune, que vous prenez sur le chemin du retour, qui fondent sur la langue, dans la gorge, et vous fondez alors avec lui, malgré le froid, de plaisir.

Nicole a de meilleurs résultats que toi à l'école. Elle est venue à une représentation de *L'Oiseau bleu*. Elle aurait aimé intégrer la troupe du Petit

Monde, mais ses parents n'ont pas voulu. Vous êtes inséparables. Comme sa maison est sur le chemin de la tienne, vous faites vos devoirs chez elle. Une file d'attente longe le bas de l'immeuble, devant l'épicerie. Des femmes surtout et quelques vieux. Jamais ta mère qui se rend plus loin, certains soirs jusqu'à Argenteuil. Elle en rapporte des légumes et des nouvelles de Madeleine et de Pierrot. Nicole écrit de la main gauche d'une écriture ronde et belle, pas comme la tienne, de vraies pattes de mouches où les voyelles ne bouclent pas. Tu vas trop vite, les écrases au point de ne pas pouvoir te relire. Nicole te montre comment faire. Elle tient son crayon presque à l'horizontale. Un bon feu ronfle dans le poêle. Son père a le droit à deux cartes de charbon pour la maison et l'épicerie. Plus une au nom de son frère qui n'est pas revenu de la guerre.

Nicole n'est pas très jolie, un peu méchante par moment. Quand tu dors chez elle, elle parle dans son sommeil. Vos mères se saluent du bout des lèvres. Son père a toujours l'air fatigué. Quand il ferme sa boutique, le rideau grince à vous agacer les dents. Nicole veut faire expert-comptable, plus tard. Elle est très douée en calcul.

Dans les rues de Levallois, comme à Paris, les Boches ont installé des panneaux et placardé des affiches dans leur langue. Si l'un d'eux te demande quelque chose, maman t'a appris à répondre seulement : *Ich heisse Christiane Muller.* Avec l'accent. Pour leur clouer le bec.

Un soir, maman rentre avec une surprise. C'est quoi ? C'est quoi ? Attends, ma fille ! Et de son sac elle sort un paquet, en déplie le papier journal d'où jaillit un œuf à la coquille rousse, tout frais du jour, ou presque. Il y a encore un peu de fiente et de la paille collées dessus. Apporté par une collègue de l'usine qui a de la famille à la campagne. Trois francs au lieu des six qu'on paye habituellement. Et il est gros, celui-ci, il fera ton repas, avec des mouillettes qu'elle te prépare très fines, à la margarine, faute du beurre qu'on trouve parfois au marché noir, très cher, mais à la guerre comme à la guerre. La cuisson à la coque demande une précision à la seconde près, un sablier riquiqui qu'elle extrait d'un placard, pose à côté du réchaud. Puis elle prend une casserole, la remplit d'eau qu'elle fait bouillir, y plonge l'œuf et retourne le sablier. Elle, elle mangera de la soupe dont elle raffole, trempée de pain. Tu mets le couvert, le coquetier sur ton assiette. L'eau bout à petits bouillons. L'œuf y danse une gigue fébrile. Le sable s'écoule dans le sablier. Plus que quelques grains et c'est prêt. Tu en as l'eau à la bouche. Maman le retire de la casserole à l'aide d'une cuiller, le pose dans le coquetier, et, d'un coup de couteau dont elle a le secret, le décapite en un rien de temps. Elle t'a appris à être adepte du petit-boutisme, à cause du blanc qu'on découvre, laiteux, immaculé et du jaune dessous, ensoleillé, qui ne demande qu'à être crevé par la mouillette.

Pour quelle raison le touches-tu alors ? Parce qu'il est rond, unique ? Pour sa coquille au grain comme celui de la peau quand elle bronze ? Pour le restant de fiente accroché sur le bord comme les grumeaux de certains coquillages que l'on gratte de l'ongle ? Ou, pour à son contact, te réchauffer la main, et le cœur avec elle, t'assurer de cette présence merveilleuse d'où une vapeur s'élève semblable à une respiration ? Ou est-ce le plaisir qui s'annonce trop fort et fait trembler ton bras ? Tu le touches des doigts qui brûlent évidemment et font basculer l'œuf que tu tentes de retenir, la douleur te surprend, tout se passe très vite, tu le lâches, recules, le vois tomber entre tes jambes. Il s'écrase à tes pieds, sur le linoléum, l'œuf. Déjà le jaune coule comme du sang épais, la coquille en morceaux.

Tu as crié, et maintenant tu pleures. Devant ce désastre, Maman ne prononce pas une parole, une main plaquée sur la bouche. Elle va chercher l'éponge et la pelle de ménage, ramasse les brisures, le jaune au blanc mêlé, les jette dans la poubelle, se tourne enfin vers toi. Termine les mouillettes, au moins ! Mais la faim t'a quittée. Les larmes coulent sur ta bouche, affreusement salée. Tu sors de table pour aller dans la chambre, le cœur brisé de honte.

Au printemps, la compagnie du Petit Monde reprend ses représentations. Beaucoup d'enfants manquent à l'appel. Le chien, le pain ne sont plus là. Les bonheurs et les spectres ont fondu comme neige au soleil. La lumière a été remplacée par une fille plus grande qui se prend pour une vedette de cinéma. Monsieur Pilain décide de réduire le spectacle, de couper des scènes, d'en raccourcir d'autres. Plusieurs personnages sont joués par un seul comédien. Il faut apprendre de nouvelles répliques, changer de costume à vue, courir dans les coulisses, se bousculer les uns les autres. Et puis la salle ne se remplit plus comme auparavant, on ne sert plus le chocolat à la fin du spectacle. Certains enfants font des malaises, à qui on doit donner alors un morceau de sucre, même si parfois c'est du chiqué.

Malgré ça, tu prends plaisir à jouer, à te costumer, te maquiller, à avancer entre les fauteuils de l'orchestre, sentir la bonne odeur des velours, monter par l'escalier sur scène, retrouver les coulisses, leur pénombre, leur mystère, leur poussière. Le théâtre est un refuge à nul autre pareil, on n'y entend pas les avions gronder dans le ciel, les pétarades des camions, les gens crier dans la nuit, ni les aboiements des soldats. Les heures passent sans qu'on les compte à la clarté des projecteurs, une angoisse délicieuse vous saisit avant d'entrer en scène, et on oublie la faim.

Si maman n'a pas le temps de venir te chercher à cause du couvre-feu, tu dors chez la fée. Régine habite un grand appartement d'où l'on voit la silhouette du Sacré-Cœur. Elle apprend la danse classique depuis deux ans. Elle t'a montré son tutu, ses chaussons, quelques pas. Elle veut devenir danseuse étoile, intégrer les petits rats de l'Opéra. Il faut travailler sans relâche, s'exercer tous les jours, même à la maison, même si cela fait mal, surtout les pieds qui brûlent à la longue et les orteils qui cassent si l'on ne fait pas attention. Sinon c'est être comme un oiseau, et si légère qu'on en oublie son corps. Tu as essayé le tutu, tourné, salué devant le miroir. Régine applaudissait. Tu ne te reconnaissais plus.

Maman a pris Pierrot à la maison et l'a inscrit à l'école de garçons. Le Père en avait fait son souffre-douleur, allez savoir pourquoi, trop petit pour son âge sans doute, trop gentil, ou peut-être parce qu'il faut bien frapper quelqu'un quand tout va de travers, qu'on ne sait plus comment nourrir cette marmaille. Il a des bleus sur le corps, des sourires à tous propos et les cheveux fins comme du duvet. Ils volent au moindre souffle, et pour les coiffer, bernique. S'il était un animal, ce serait un oiseau, et toi un écureuil à cause des taches de son aux joues dès l'été, des reflets roux dans tes cheveux que tu tiens on devine de qui.

Tu ne l'as pas revu, ton père. Il y a eu des perquisitions dans le quartier de *Mazagrande*, à Argenteuil, chez les communistes italiens. Les autorités y ont ouvert un centre de rassemblement des étrangers, Tchèques et Italiens confondus. Il s'y trouve peut-être. Personne ne sait ce qu'ils vont faire d'eux. Certains, dit-on, ont fui, regagné leur pays. Maman prétend qu'ils ne risquent rien, au pire d'être emmenés en Allemagne pour travailler dans les usines boches. Mais ton père est un malin, allez, il s'en sortira, comme toujours.

Tu penses à lui quelquefois, souvent même, et ces pensées tournicotent dans ta tête, tu ne sais pas trop quoi en faire, s'il faut les suivre ou les oublier. Jusqu'en Allemagne ? En Italie ? Tu ne connais aucun des deux pays, mais tu choisis le second pout ton père. Loin là-bas au soleil.

Un samedi sur deux, Madeleine vous rejoint pour faire un tour à Paris ou au Bois. Partout, les Parisiens s'habillent en bleu blanc rouge, moins les hommes que les femmes qui savent y faire. Veste rouge, gants blancs et sac bleu, ou souliers bleus, bas blancs et jupe rouge, ou encore robe blanche, bouche rouge et écharpe bleue, c'est un jeu. Ils se regardent l'un l'autre, se sourient, se saluent discrètement. Les militaires en vert de gris ont l'air de ne rien remarquer, ou bien ils font semblant. En revanche, les grands V dessinés sur les portes, les murs, les trottoirs, à l'encre, à la peinture ou à la craie, et parfois gravés sur les arbres, ils ne peuvent pas les rater. Ni les effacer ; quand on les recouvre de goudron ils brillent plus qu'avant. Madeleine assure que si on se fait prendre, on risque une amende, guère plus. Elle en a tracé aux devantures des boutiques, le matin tôt en allant au travail. Maman dit qu'elle est folle et qu'entre parenthèses la victoire on en est sacrément loin avec Hitler qui vient d'envahir la Russie, que ce n'est pas en dessinant des V que ça changera quelque chose, sauf à les énerver davantage.

Madeleine t'a mis un nœud rouge dans les cheveux et une ceinture bleue sur un chemisier blanc. Au bois, le lac déploie son miroir au soleil. Une file s'allonge devant le ponton des barques. Les Allemands sans attendre ni payer les prennent toutes. Ils ont l'air si heureux de ramer au soleil entre copains, en compagnie de jolies filles. Au bout d'un quart d'heure, Madeleine en a assez d'attendre en vain.

Vous faites le tour du lac, vous asseyez à l'ombre d'un sapin ; dans l'île, les gens flânent près du chalet, montent au pavillon pour regarder au loin on ne sait quoi. Pierrot s'endort sur l'herbe et les aiguilles de pin. Madeleine et maman s'entretiennent à voix basse. Tu t'ennuies juste ce qu'il faut pour ne plus penser au goûter que tu n'auras pas.

Le dernier jour d'école, les filles ont chanté dans la cour de récréation la chanson du Maréchal Pétoche, comme dit Pierrot, puis il y a eu la remise des prix d'excellence et d'honneur que tu n'obtiens jamais. Nicole oui, et cette fois c'est un beau livre de contes à la couverture bleue et aux tranches dorées qu'elle ouvre sur l'illustration d'un cerf qui court dans la plaine, chaussé de bottes en fer jetant des éclairs, et, à la page suivante, un poisson sortant la tête de l'eau, un anneau dans la bouche qu'il tend à un jeune garçon.

Elle te le prêtera si tu veux, si tu es gentille. Tu dégraferas sa chemisette, poseras des baisers sur son torse et son ventre, lentement, partout. Tu l'as déjà fait plusieurs fois avec elle contre des berlingots, ou pour rien, pour le plaisir. Elle ferme les yeux, pousse de petits soupirs, halète et tord ses mains, puis tu souffles sur sa poitrine un bon coup, cela fait un bruit rigolo de pet, elle se réveille et vous éclatez de rire.

Pour les vacances, Nicole part au bord de la mer chez sa tante. Tu n'as jamais vu la mer. Elle te raconte les vagues dans lesquelles on saute en criant, les pieds qui s'enfoncent dans le sable, l'eau qui se retire à des kilomètres et revient à la vitesse d'un cheval au galop, les coquillages qu'on ramasse à plein seau. Elle t'en rapportera à la rentrée. Vous vous quittez, vous embrassez, le cœur pincé. Mais bon, deux mois et demi, ça passe vite.

Aux premiers jours d'août, la chaleur devient étouffante à Paris. On vit fenêtres et volets fermés, dort en culotte, se passe le corps au gant de toilette, mais rien n'y fait. Pendant ses congés payés, maman vous emmène sur les bords de la Seine, à Argenteuil, près d'un bassin où le courant est doux. Vous y retrouvez Jeannot, Dédé et Pépette qui n'ose pas se mettre en maillot à cause de ses cicatrices, Madeleine et Monique. Vous vous baignez ou vous vous reposez près des acacias, en grignotant une prune, quand il y en a. Maman vous apprend à nager, elle connaît toutes les nages, celle où on lance les bras loin devant soi avant de les ramener sur les flancs en écartant l'eau tout en prenant soin de garder la tête levée sinon très vite on boit la tasse. Pour les jambes, il faut faire comme les grenouilles, les ouvrir en grand et les refermer d'un coup afin de chasser l'eau derrière soi.

Maman te tient sous le ventre. Au début tu fais n'importe quoi, tu agites en même temps bras et jambes alors qu'il faut démarrer avec les jambes par une bonne poussée et poursuivre avec les bras, alternativement, comme cela oui, une, deux, trois, une, deux, trois, comme la valse en somme, mais dans l'eau, et à l'horizontale. Tu t'appliques à faire ce qu'elle dit, sens contre ton ventre sa main qui te soutient, te lâche un peu, te reprend. Sans elle, tu coulerais à pic, cela te fait peur malgré le plaisir d'être dans l'eau si fraîche avec le ciel bleu par-dessus. D'ailleurs tu flottes, elle t'a appris à faire la planche, tu n'as plus besoin de sa main, mais sur le ventre c'est une autre paire de manches, on dirait un chien qui se dépêche de regagner la berge pour ne pas se noyer. Cela a l'air d'amuser tout le monde, Pierrot le premier. Il rigolera moins quand ce sera son tour. Ce n'est pas bien sorcier pourtant. Maman a raison, l'eau te porte mieux que sa main, tu as compris comment t'y prendre, ton corps glisse à présent sur le fleuve. Tu pourrais y rester des heures, le traverser, ou en descendre le courant, oui, jusqu'à la mer pour retrouver Nicole, cela lui en boucherait un coin de te voir arriver en maillot. Il faudrait juste faire attention aux péniches.

Les jours suivants, tu apprends le crawl, c'est compliqué parce qu'il faut mettre la tête sous l'eau et respirer. Pour respirer, c'est un deux trois, on relève la tête, on aspire l'air par la bouche, on l'expire par le nez dans l'eau, et ainsi de suite. On dirait que tu as fait ça toute ta vie, ou que tu étais sirène autrefois. Le crawl est une nage qui allonge le corps, on file plus vite qu'avec la brasse, ne fait plus qu'un avec le fleuve. L'eau pique les yeux à la longue et tu en ressors les paupières rougies, mais si heureuse que cela ne compte pas. Pierrot n'y arrive pas, lui, et pour dire la vérité, il nage comme une pierre. Normal, avec son nom.

Tu t'étends sur la berge, reprends ton souffle, regardes le ciel. Une mouette passe en piaillant. Des enfants crient et s'éclaboussent. Maman s'assied près de toi. Tu n'as jamais passé d'aussi belles vacances.

De grands orages grondent dans le ciel, mais là ce sont des hommes qui les pilotent. Les sirènes se mettent à hurler, réveillant le quartier. Ainsi depuis des nuits. Au début vous sortiez du lit, enfiliez à la va-vite un manteau, descendiez à l'abri de la rue Anatole-France. Les gens se regardaient en chien de faïence, s'adressaient des saluts gênés, des voisins, des enfants endormis dans les bras des parents, des vieilles qui grelottaient en robe de chambre. On se taisait, on écoutait pour savoir où ça tombait et on retournait chez soi en scrutant le ciel. Puis à force les gens venaient de moins en moins nombreux. Maman, elle, dit qu'on ne sait jamais, et chaque fois vous dégringolez tous les trois à l'abri et attendez la fin de l'alerte.

Une nuit vous croyez votre dernière heure venue. Dehors le ciel ressemble à un 14 Juillet. D'habitude tu emportes une poupée, un cahier,

Pierrot un illustré, mais là, non, la nuit s'est enflammée et remue, tu sens la terre se soulever, vois l'horizon prendre feu, tu cours, descends dans l'abri, cette fois plein à craquer. Ce sont alors de grandes secousses dans le sol comme si quelque chose frappait par en-dessous pour vous engloutir. Des coups puissants, répétés qui font vibrer les murs, trembler les lumières. Des grondements au-dessus des têtes, dans les plafonds, les piliers. Tout un immeuble qui craque, se contracte, s'arcboute. C'est la terreur de mourir écrasée, étouffée, oubliée. Tu as fermé les yeux, serré la main de maman, le corps secoué de frissons. L'espace se rétrécit sous les bombes et tout ton être de petite fille avec lui.

Au bout d'on ne sait combien de temps, cela se calme, s'arrête. Les gens attendent encore. Plus rien ne bouge ni personne, ou très peu, au loin, comme en rêve. Vous sortez. Les réverbères sont éteints. Tout est noir à part les incendies du côté de la Seine. Une odeur de brûlé flotte dans l'air. On se regarde. Cette fois-ci, c'est passé vraiment très près.

Le lendemain vous apprenez qu'Argenteuil était visée, les usines d'aviation Sagem, celles allemandes de Junkers où sont produits des moteurs de l'armée boche, la centrale électrique, et tout un îlot de maisons où un tas de braves gens sont morts. Il ne reste plus rien des unes et des autres.

Maman a rencontré Madeleine. Les Muller l'ont échappé belle. À cinq cents mètres près, ils se prenaient tout sur le coin de la gueule. Les salauds ! Et dire que ce sont nos alliés !

Depuis la peur s'est installée en toi. À demeure. Elle ne te quitte plus, pour un rien, une porte qui claque, un homme qui crie. Dès que la sirène retentit, tu te lèves en sursaut, te précipites vers maman. Le monde a changé de couleur comme si la nuit avait gagné, pavoisé les rues d'étendards gris et qu'aux fenêtres, derrière les carreaux, ne vivaient plus que des enfants effrayés. Pierrot, lui, est bien plus courageux que toi, sans doute parce que c'est un garçon, qu'il ne veut pas paraître froussard. Il cherche les avions dans le ciel, les forteresses volantes, dit-il, quand toi tu te réfugies dans la chambre. Peut-être es-tu la seule à éprouver cette peur. À l'école, vous avez parlé entre vous du bombardement. Une semaine après, c'était oublié. Sauf Nicole.

Elle ne t'invite plus chez elle et la boutique de son père est fermée la plupart du temps. C'est bientôt les grandes vacances, mais elle ne parle plus de la mer. Sur sa blouse, à gauche, est maintenant cousue une étoile jaune. Deux filles ont la même dans la classe. La maîtresse les a installées au fond, et elle ne les interroge plus. Mais ce n'est pas comme si elles avaient de la chance. Dans la cour aussi, elles restent tristement regroupées. Tu n'oses pas aller vers elles. Maman dit que les juifs sont des gens comme les autres, en plus avares seulement, et égoïstes. Tu te rappelles pourtant les berlingots, les gâteaux à la fécule. Malgré ses bons résultats, Nicole n'a reçu aucun prix cette année.

À la peur des bombes s'ajoute la peur de manquer : on ne trouve plus un gramme de viande, tous les stocks ont été réquisitionnés par les autorités. Le plus souvent c'est toi qui fais les courses, si on peut appeler faire les courses attendre debout qu'on veuille bien t'échanger contre des tickets ce qui reste. Pour passer le temps, les femmes parlent entre elles. Tu les écoutes, puis tes pensées se remettent à filer leur train.

Tu te demandes, une fois que la guerre sera finie, si tu te souviendras de ces heures, de ces jours et nuits passés dans l'ombre de la peur, si tu raconteras ce que tu as vécu à tes enfants, parce que tu en auras, des enfants, plusieurs, pas aussi nombreux que la tribu Muller, mais deux ou trois au moins, avec un vrai mari qu'ils appelleront papa, et un bel appartement. Ou peut-être tu ne leur diras rien, car ces malheurs les attristeraient, ou sinon, s'ils te posent des questions, une ou deux choses amusantes, comme tes baignades en bord de Seine même si tu ne peux plus y aller à présent à cause des berges effondrées et des bâtiments partout en ruine. Oui, deux ou trois choses, et aussi, quand même, combien tu avais faim. Faim et peur. Les enfants comprennent tout, surtout ce que les parents taisent.

La grande copine de ta maman porte le même manteau qu'elle. Et le même béret aussi. La ressemblance s'arrête là, car Josiane a les cheveux très bruns, un visage rond et un menton pointu quand chez ta mère tout est carré. Elles travaillent côte à côte à l'usine, déjeunent, papotent et sortent ensemble. Quand Josiane vient à la maison, elle apporte toujours quelque chose, une bouteille de vin, des douceurs, un saucisson une fois, et un sourire éclatant qui lui creuse des fossettes. Tu te demandes où elle va chercher tout cela. Pour son sourire, c'est dans sa nature continuellement joyeuse et gaie. Elle non plus n'est pas mariée. Les hommes, on peut s'en passer, on est bien mieux entre filles. Tu croirais entendre ta mère. Toutes deux mettent du fond de teint jusqu'au-dessus du genou, ça fait illusion dans la rue – mais plus quand elles s'asseyent.

Pour tes dix ans, elle t'a offert une jupe plissée bleu clair. Et un foulard de même couleur. On lui a donné deux paires de bas en soie. L'une est pour maman, qui les enfile. Et toi ta jupe. Josiane vous observe, déclare que vous vous ressemblez comme deux gouttes d'eau. De vraies sœurs. Elles se mettent à rire. Mais toi quelque chose t'empêche de partager leur joie. Une sorte de gêne, de défiance. Pourtant Josiane, tu l'aimes bien. Tu n'as jamais rencontré quelqu'un d'aussi énergique, vif, bienveillant, et qui aime son amie de tout son cœur, apparemment. Mais tu trouves qu'elle en fait trop, comme on dit au théâtre du Petit Monde. Trop de cadeaux, de sourires, de gentillesse. Trop d'entrées en fanfare, de santé, d'optimisme. Elle manque de naturel. De simplicité. À moins que tu te trompes sur son compte, qu'elle est sincère, et que, tout simplement, elle est en train de te voler maman.

Peu à peu, tu constateras ses retards quand tu l'attends après l'usine. Puis elle sortira le soir. Passe encore qu'elle vous laisse dîner seuls, Pierrot et toi. Tu sais faire revenir des patates dans de la margarine. Mais il y aura le cinéma sans vous, le dimanche, sous prétexte que le film ne convient pas à des enfants. Les balades en auto, à cause soi-disant de la sœur de Josiane, de son chagrin d'amour. Quand elle vous annonce la merveilleuse nouvelle d'un été à la campagne chez les parents de Josiane, en Normandie, dans une vraie ferme où vous pourrez boire du lait sorti tout droit du pis de la vache, manger des fraises et vous rouler dans l'herbe, ton cœur se brise. Tu regardes Pierrot bondir de joie, maman sourire et l'instant d'après son visage se durcir. Elle a remarqué tes larmes retenues, le rouge à tes joues. Les siennes font penser à du marbre. Elle a déjà acheté les billets de train. Bernay n'est pas le bout du monde, seulement à deux heures de Paris. Le départ est prévu trois jours plus tard.

Dans la gare Saint-Lazare, le train attend d'emporter les voyageurs on ne sait où, vers des villes inconnues, Évreux, Rouen, Caen, Granville et Bernay au milieu d'elles, inscrit sur une pancarte. Maman monte avec toi et Pierrot dans le wagon, un compartiment qui sent le tabac froid et l'humidité. Elle dépose vos affaires dans un filet au-dessus des sièges. Les places près de la fenêtre sont libres et vous vous asseyez. Déjà, sur le quai, c'était difficile, malgré le va-et-vient des gens, mais là, tu retiens tes larmes comme tu peux. Elles gonflent ta poitrine, gagnent la gorge comme un poing qui se déplace et serre. Pierrot trépigne d'impatience, s'entête à vouloir baisser la fenêtre parce qu'il fait chaud, qu'il veut voir au-dehors la locomotive de l'autre côté du quai. Un couple entre dans le compartiment, vous sourit ; tu le remarques à peine. C'est très dur de s'empêcher de pleurer, cela tend tous les muscles du corps, du visage, tout l'amour comprimé en soi. On se retrouve assis comme un paquet ficelé dans la détresse. On ne peut plus parler, ni sourire, impossible, même pour répondre au sourire de maman. Elle t'a acheté un illustré, te le donne, c'est l'heure, et, ainsi qu'elle le fait si souvent, elle mouille son pouce de salive et te le passe sur les sourcils pour les redresser, car cela éclaire le regard. Un sifflet strident retentit. Elle vous embrasse et s'en va.

Plus de maman, ou si, encore, sa silhouette sur le quai. Un signe de sa main et le train s'ébranle. Elle disparaît. Alors la digue cède enfin, tu éclates en sanglots, abandonnée de tous, d'elle, de l'amour. Un flot de larmes qui te déchire. Pierrot pendu à la fenêtre regarde défiler la ville. Toi, c'est le monde qui se noie, se brouille de larmes qui ruissellent, tombent sur les pages de l'illustré, *Lisette*, trois grands éléphants blancs que suit des yeux une fillette.

Le jardin descend en pente jusqu'à un rideau d'arbres derrière lequel coule une rivière. Des reflets d'argent brillent entre les frondaisons. Des parfums d'eau et de cresson s'exhalent des talus. Pierrot ne peut aller plus loin, les ronces l'en empêchent, il en a les mollets égratignés au sang. Madame Leriche prétend que la rivière est pleine de poissons. Il aimerait s'y tremper, en attraper peut-être. Toi, te baigner ne te dit rien, la rivière est peu profonde, un gros ruisseau, tu ne pourrais pas y nager. Pierrot remonte la pente, un bâton à la main, qu'il va tailler avec l'opinel prêté par monsieur Leriche pour en faire une arme contre les Boches. S'amuser de la sorte toute la journée te dépasse. Cela te noue l'estomac, une boule qui ne te quitte pas de la journée, depuis le petit déjeuner de lait chaud et de tartines jusqu'à la soupe du soir. Madame Leriche est aux fourneaux, et le frère de

Josiane, un benêt au cerveau embrumé surnommé, allez savoir pourquoi, Chocolat, s'occupe de traire les vaches. De ses bovins, il a le regard, le pas laborieux et l'odeur. Près de lui, tu te fais l'effet d'être une poupée.

C'est la première fois que tu découvres la vraie campagne. Rien à voir avec les bords de Seine ou la butte d'Orgemont, mais une herbe drue comme un pelage, des arbres immenses qui masquent l'horizon, des collines hautes comme des montagnes, des chemins creux bordés de noisetiers, des prairies constellées de bouses de vaches, et, à la nuit noire, un ciel peuplé de milliers d'étoiles. À Levallois, on en distingue à peine quelques-unes, et le matin il n'y a pas de rosée qui vous mouille les souliers, ni de bons relents d'étable, ni de concerts d'oiseaux, mais c'est chez toi, alors que là, non.

Le village le plus proche est à une demi-heure de marche, quelques maisons groupées près d'une église en briques et d'un débit de boissons, une rue, un boulanger, un boucher sur une place longue et nue, et pour s'y rendre, une route étroite et sombre, maculée de terre, serpentant entre des talus couturés de racines. Il y a bien un château qu'on aperçoit au bout d'une allée derrière sa grille, au loin, mais les volets sont clos. Vous faites le trajet en compagnie de Chocolat, pour le pain, le vin, même si ici on boit surtout du cidre qu'on tire directement au tonneau, un peu trouble, frais, au goût de pisse de vache, et qui fait tourner la tête. Pierrot l'aspire au tuyau chez des voisins, les Troène, des rouquins avec lesquels il joue et se dispute. Cela lui a donné la courante. Bien fait pour lui.

Chaque semaine, vous recevez une lettre de maman, comme si c'était elle qui était partie en vacances, qu'elle vous avait abandonnés. Ce n'est pas vrai, bien entendu, puisqu'elle travaille, qu'elle viendra bientôt vous rechercher. Elle l'a promis. Avec Josiane. Pourtant, elle ne cesse d'occuper ton esprit, ton corps, cette idée qu'elle s'amuse loin de toi, qu'elle t'a laissée pour cette raison qui fait de toi, ni plus ni moins, un paquet déposé dans une maison en Normandie, à vivre une vie en attente, suspendue, et qui bute sur tout, s'arrête. Tu dors dans de bons draps épais dont tu te réveilles toute chiffonnée. L'odeur du lait chaud en train de bouillir te soulève le cœur. Le pain a le goût du carton et le beurre celui rance de vieux fromage. Les lentilles refroidissent dans ton assiette, la graisse se fige au bouillon. Madame Leriche dit que ce n'est pas comme cela que tu vas te requinquer, que tu devrais prendre exemple sur « ton frère » qui ne chipote pas comme toi, dévore pour deux, que même il vaudrait mieux le tuer que le nourrir, celui-là, et elle part d'un rire qui lui secoue le ventre. Puis elle débarrasse ton assiette, verse le contenu dans sa marmite, ou dans une gamelle pour le chien, car à la ferme on ne perd rien, le manger, le temps, la moindre bricole qu'on conserve dans des tiroirs au cas où on en aurait besoin, les épluchures pour les lapins, l'eau des bassines pour arroser le potager, l'eau de pluie qui file directement au puits. Et de la pluie, il en dégringole souvent, plus qu'à Levallois, et qui pavoise l'herbe de gouttelettes, vernit les feuilles des arbres, lave le ciel et la tristesse aussi. Tu l'écoutes tomber, rigoler sur le toit, couler dans les gouttières, noyer les prairies et les champs. Elle te comprend mieux que le soleil qui rabat son couvercle sur toi. Après l'averse, tout redevient clair comme avant, d'une commune haleine, sans joie, sans peine, dédiée aux chants des oiseaux. Tu vas au puits. La margelle est trempée, les pierres s'égouttent dans l'eau sombre qui ne reflète pas le ciel, juste l'ombre vague de ton ombre. Aucun écho, la voix des gouttes, une à une, comme des clochettes au-dessus des mousses. La nuit se baigne dans le puits. Y plonger doit vous glacer les os. Pierrot arrive, lance un caillou, ploc ! et tu penses vite à autre chose.

Le fermier l'a emmené braconner le lapin. Il en revient émoustillé, les mains sales, les pantalons trempés. Pour l'occasion, il a pris un de ses javelots, mais il ne s'en est pas servi parce qu'ils ont chassé au furet, une drôle de bestiole aux yeux et museau de rat. D'abord on lâche le chien pour enfermer le lapin dans son terrier, puis le furet dans un des trous sur lesquels on pose des filets. Le grelot de la bestiole se perd sous la terre et on attend. Ça gigote là-dessous, se bat, court et soudain le lapin déboule dans le filet, s'entortille, et il n'y a plus qu'à l'assommer. Parfois le lapin reste coincé, et le furet se met à le « gratter » par-derrière, à le saigner avec ses dents pointues, ou pire, c'est le furet qui reste bloqué et n'arrive pas à ressortir, et on doit cogner contre les pierres au bord du trou, longtemps, car ça coûte cher un furet, plus de mille francs. Mais cette fois, tout s'est bien passé, ils ont pris deux lapins, un gros et un petit. Monsieur Leriche les a tués d'un coup de bâton porté sur la nuque. La prochaine fois, ce sera au tour de Pierrot. Le fermier le lui a promis.

Au récit de ton oncle, un haut-le-cœur te prend par surprise. Les lapins, tu les préfères vivants dans leurs clapiers où tu vas les voir plusieurs fois par jour, pour les nourrir, les observer, leur parler. Des cages en enfilade sur trois niveaux, garnies de paille sur laquelle ils sautillent, s'approchent, blancs dans la pénombre, le museau rose retroussé dès que tu leur présentes à travers la grille un trognon de chou, de rave, ou mieux, une carotte chipée à la cuisine dont ils raffolent, qu'ils grignotent délicatement, le corps tremblotant de plaisir. Tu passes un doigt, leur caresses le front, la plupart se laissent faire, en redemandent, d'autres ne quittent pas le fond de leur cage comme s'ils savaient qu'on allait un jour les tuer ou les emporter pour les vendre. Alors, dans le clapier vide, il ne reste plus que leurs petites crottes et l'odeur de la paille.

Tu aimerais les prendre dans tes bras, enfouir ton visage dans leur fourrure, mais la fermière ne veut pas. Leurs dépouilles sèchent dans la cour. Pierrot s'en sert de cible en cachette. L'autre jour il a cassé un carreau et son javelot a failli éborgner Chocolat.

Certains jours, le ciel grogne d'avions anglais invisibles derrière les nuages. Ils seront à Paris en un rien de temps. S'il arrivait quelque chose à maman, tu éprouverais une tristesse si entière qu'il n'y aurait plus que toi à vivre au monde. La solitude, tu la remâches comme un bonbon. Ta mère te manque dans chaque brin d'herbe, chaque fleur, chaque taillis, jusqu'aux racines des arbres qui se tordent le long des cavées. Le vent couche les prés sans un baiser. Pour t'endormir, tu penses au moment où elle viendra vous reprendre. Elle sortira de l'auto de Josiane en robe légère, chapeautée de paille, des paquets dans les mains, des cadeaux enveloppés de papier de soie que vous déferez en criant de joie. Elle s'assiéra à la cuisine, racontera ses semaines passées loin de toi, vous posera des questions sur les vôtres, et vous irez vous promener dans la vallée pour y cueillir les premières mûres, les dévorer, tirer la langue toute violette, puis, sur le chemin, ramasser les noisettes. S'il fait chaud, ce qui sera le cas, vous irez vous tremper les jambes dans l'eau. La rivière fera scintiller au soleil ses mille pièces de cent sous. Vous irez vous reposer à l'ombre d'un saule où tu tomberas de sommeil. Tu rêveras de ce demain où il n'y aura plus de demains, mais un perpétuel aujourd'hui, avec elle.

La grosse lapine à l'œil cerclé de noir a donné naissance à une tripotée de lapinots grands comme le pouce. À la peau rose et gluante. Aux yeux fermés dans la paille, près de la mère qui les rassemble sous elle. Madame Leriche t'a proposé d'en choisir un que tu emporteras à Paris. Pour l'instant ils se ressemblent tous, remuent, cachés dans le nid. Tu as déjà l'idée de la boîte à chaussure où tu le déposeras, près d'un poêle, ou dans la cuisine. Le lendemain, un duvet noir leur a poussé sur le dos et ils tètent leur mère qui s'est collée au fond du clapier, la tête contre la paroi. On ne sait pas combien ils sont à gigoter sous elle. La lapine leur offre son ventre, se tourne vers eux de temps en temps. On a beau lui tendre une carotte, elle ne bouge pas d'une semelle. Pour le nom du lapereau, tu as pensé à Lapinot que Pierrot trouve complètement idiot, d'autant plus qu'on ne sait pas si ce sera un mâle ou une femelle.

Tu fais ton choix trois jours plus tard : un blanc à l'œil cerclé comme sa mère, qui tient dans le creux de la main. Une pomme de poils douce comme une plume, tremblante et qui t'aime. Cela se voit à son regard effrayé et soumis. Lapinot a les oreilles dressées, roses en dedans, des yeux noirs, un museau en mouvement toujours à renifler la vie, et des moustaches fines. Sans répondre à son nom, on voit bien qu'il n'y est pas indifférent. Tu vas le voir plusieurs fois par jour pour qu'il s'habitue à toi et qu'au moment de quitter sa mère il ne soit pas trop triste. Les vacances sont bientôt terminées, les arbres commencent à roussir et la température à baisser.

Maman et Josiane débarquent un midi en auto. Madame Leriche leur a fait un ragoût avec des pommes de terre dont elles se lèchent les babines. Tu te jettes dans les bras de maman, la même odeur, toujours. Puis on déjeune, range ses affaires, va chercher Lapinot, on se sépare enfin. Pierrot a les larmes aux yeux. Monsieur Leriche lui donne son opinel en souvenir. On se retrouvera l'année prochaine, allez, si Dieu le veut. Mais toi, pas vraiment. Ces deux mois t'ont paru un siècle. Heureusement qu'il y a Nono – tu as abrégé son nom. Tu le gardes sur tes genoux, dans une caissette en bois qui tressaute au moindre cahot. La paille se mêle à son poil. Il ne remue pas une moustache. Il sera heureux à Paris.

De près d'un kilomètre, la rue des Moines traverse le XVIIe arrondissement parisien du nord au sud, du square Villa-Sainte-Croix jusqu'aux Batignolles. Entre les deux, pas un arbre (ni un moine !), seulement des immeubles en pierre de Paris, plus ou moins modernes, des façades plates sous une bande de ciel découpée en ligne droite. Je remontais la rue à partir du métro Brochant, allais prendre le pain dans une boulangerie meilleure que les autres, passais au Franprix, je sonnais, tu m'ouvrais, faisais claquer tes baisers sur mes joues, et j'allais déposer les courses dans la cuisine. Tu regardais une cassette vidéo sur la télévision. Gene Kelly dansait sous la pluie. Je connaissais le film par cœur, moi aussi. Je m'asseyais alors près de toi.

Le cinéma, tu n'avais jamais aimé y jouer. Trop de temps perdu à attendre qu'on installe les éclairages, le son, la caméra, qu'on t'habille, te maquille, te coiffe, puis qu'on répète les scènes, toute une journée pour deux minutes de film, sans autres spectateurs que des professionnels, équipe technique, réalisateur, camarades plus ou moins indifférents à ce qui se passe sur le plateau du moment que tout finit dans la boîte, quand au théâtre la salle vibre d'émotions, vivante, présente, réagit à chaque réplique, applaudit. Et puis il fallait quitter ta maison, mari et enfants pendant plusieurs jours, coucher à l'hôtel, dîner au restaurant, discuter avec les uns et les autres, partager les ragots, plaisanter, s'amuser, médire, et, la nuit venue, s'endormir dans sa chambre, seule.

Mais tu aimais les comédies musicales, de préférence américaines. En 1952, c'est *Chantons sous la pluie*. Les chants, les danses, les numéros t'avaient époustouflée. Pour toi qui jouais dans des opérettes de quatre sous, Stanley Donen et Gene Kelly, Debbie Reynolds, Donald O'Connor et Cyd Charisse étaient des idoles, des dieux et déesses descendus d'un Olympe où chaque pas de danse, chaque geste, chaque mimique, réalisés avec une précision prodigieuse, un talent insurpassable, te fascinaient.

Depuis, tu ne jurais plus que par eux : *Un Américain à Paris, Un jour à New York*, *Tous en scène*, et, un dernier né qui t'avait bouleversée, *West Side Story*. Rien ni personne ne pouvait égaler en élégance ces géants. Tu les aimais comme de grands frères et sœurs dont la vie t'aurait séparée, mais qui demeuraient dans ton cœur.

Un soir, tu avais eu le bonheur de rencontrer Gene Kelly venu à un spectacle où tu jouais. Tu lui avais serré la main, aucun mot n'avait pu franchir tes lèvres. Il t'avait dit de sa voix un peu blanche : « Ravi, mademoiselle », mais ravie c'est toi qui l'avais été, et au septième ciel.

Nous contemplions Gene virevolter, s'élancer, danser avec son grand parapluie noir, bondir des deux pieds dans les flaques des ruisseaux, chanter sous la pluie, rire des nuages, parce qu'il est heureux, que le soleil est dans son cœur, et l'amour, et qu'il chante et danse juste sous la pluie. Tu oubliais ta maladie, peut-être ta souffrance, le temps de cette chanson, quelques minutes volées à la mort. La vie est une comédie musicale, une vie à la mise en scène impeccable, une vie vraie, la seule.

Ta scène préférée n'était pas interprétée par Gene Kelly, mais par Donald O'Connor, véritable clown aux yeux bleus dont la chanson, *Make 'Em Laugh*, tient sa promesse, tant sa façon de bouger, de sauter, de se cogner, de tomber sans cesse tout en chantant garantit l'émerveillement et le rire. D'une énergie folle, on l'aurait dit monté sur ressort, élastique, comme insensible aux chutes à répétitions qui le jetaient continuellement sur le sol et dont il se relevait le sourire aux lèvres. La scène se terminait par des acrobaties et son passage à travers une cloison en papier dont il ressortait indemne, joyeux, juvénile.

Fais-les rire. Il suffisait aux acteurs de glisser sur une peau de banane pour que le monde soit à leurs pieds.

Le film se poursuivait par une histoire d'amour, de cinéma, et tu t'assoupissais.

Je t'observais sommeiller.

Les rides de ton visage ne dessinaient pas encore un masque. Ta peau brillait de la crème grasse que tu t'appliquais depuis toujours, comme autrefois, après le spectacle, devant la glace de la salle de bain. Tu te démaquillais, le coton entre les doigts souillé de fond de teint, ou de Rimmel. Puis c'était une lotion pour apaiser tes joues, ton front. Le parfum des onguents se répandait dans le soir. Enveloppant et frais, il signait ton retour à la maison.

Parfois, si je dormais déjà, il m'ôtait du sommeil. Je n'avais pas besoin d'ouvrir les yeux. Tu étais là, veillant sur moi, transposée en parfum, flottant dans l'air, aussi présente que par la chair, mieux peut-être, car mêlée à ce demi-sommeil délicieux des rêves. Tu venais m'embrasser, déposer sur ma joue en même temps que ton amour un peu de cette crème parfumée que j'emportais dans mes songes.

Désormais tu ne te maquillais plus, ou très peu, d'un léger rouge aux lèvres, d'un trait de crayon noir à la paupière. Ce n'était plus le « je me fais l'œil » dont je devais attendre la fin avant de sortir avec toi, ni celui de la loge des théâtres où tu m'emmenais en matinée du dimanche, pour un maquillage au complet devant le miroir illuminé, cerclé d'ampoules rondes dont tu revenais l'œil si bien « fait » que je ne reconnaissais pas ton regard, mais celui, déjà, du rôle que tu te préparais à jouer, sous lequel je n'étais plus ton fils, mais le personnage d'une pièce dans laquelle je l'aurais interprété. Je te suivais le long des couloirs, m'asseyais dans la pénombre des coulisses, te voyais entrer en scène, en ressortir, claquer la porte, et si différente de celle que j'aimais, qu'il me fallait faire un effort pour rétablir sous le maquillage ma maman de toujours. Cette simple couche de fond de teint suffisait à te maintenir à distance de moi, plus belle peut-être, mais comme privée de tes expressions habituelles. La comédienne vêtue en soubrette me lançait pourtant le sourire maternel connu, auquel je répondais. Vous étiez deux, l'une sous l'autre, la même, unique et double.

Un jour, accédant à mes demandes, tu m'avais appris à me « faire l'œil », moi aussi. Nous nous étions installés côte à côte devant le miroir de la salle de bains avec la trousse à maquillage dont tu avais d'abord sorti un crayon noir semblable en apparence à celui que j'utilisais pour dessiner, quoique plus fin. Tu m'avais fait remarquer qu'en effet il était question de dessin, mais que cela demandait davantage de précision que sur une feuille de papier. Tu m'avais montré sur toi, traçant une ligne sous ton œil, d'un seul trait parfait, puis sur moi, en exerçant une pression sous le mien, car il fallait appliquer le crayon à la limite des cils inférieurs. La sensation de la pointe du crayon ajoutée à ce léger retroussement de la peau devenue rose m'avaient fait pleurer l'œil. Tu l'avais séché à l'aide d'un mouchoir et tu avais terminé. Ah ! chose importante : la paume de la main devait s'appuyer sur le menton afin de ne pas trembler.

À mon tour, bien que respectant les consignes, je n'avais réussi qu'à poser un trait inégal et lourd. Mais ce n'était pas si mal. Le blanc du regard éclatait dans la glace. Nous allions à présent en multiplier l'intensité avec le mascara. J'en connaissais la petite boîte dans laquelle tu crachais et trempais la brosse, soudain brillante et noire. Comme pour le crayon, je t'avais regardée faire. Un jeu d'enfant. Il suffisait de prendre les cils à la base, de les allonger en relevant légèrement la brosse d'un quart de tour, de bas en haut. Mais soit que je l'eusse trop chargée, ou pas assez tournée, des grumeaux se fixèrent sur les cils qui se collèrent à ceux du bas, déclenchant des larmes à nouveau. Tu avais corrigé mon erreur, passé un dernier trait de crayon sur la paupière et je m'étais regardé dans le miroir. L'œil m'observait de son regard profond, indéfinissable, nouveau. Nous nous étions souri mutuellement et j'étais allé parader dans l'appartement devant mon père et ma sœur, jetant des œillades, clignant des yeux dont les cils continuaient à coller désagréablement. Il fallait souffrir pour être belle et on n'avait jamais vu si jolie fillette.

Une noisette de crème sur un bout de coton. J'avais tout retiré. Comme tu le faisais chaque soir. Effacé ce regard de larmes noires. Et jeté le coton dans la poubelle, à côté des tiens.

Le générique de fin défilait sur l'écran.

Avais-tu bien dormi ? Moi, dormi ! Pas du tout, voyons. Tu t'étais redressée dans le fauteuil.

Personne n'avait égalé Gene Kelly. Même Fred Astaire, trop élégant à ton goût, trop gentleman, usant de trop de claquettes. Les derniers feux des comédies musicales avaient brillé avec Gene. Depuis aucun réalisateur n'avait essayé d'en monter d'aussi parfaites. À part *West Side Story*. Et *Cabaret*, peut-être, même si Liza ne valait pas sa mère. Mais tu aurais bien aimé revoir tout de même le numéro du début.

Je t'avais promis de te l'apporter.

Tu ne m'en as pas laissé le temps.

Les femmes dansent entre elles. Elles sourient, enlacées, en robe du dimanche. Le dancing est plein à craquer de jeunes ou moins jeunes devant l'orchestre qui joue de la musette. Des vieux à l'accordéon, mais le pianiste est joli garçon. Maman t'a confiée à Madeleine. Pépette est là, elle aussi, qui danse avec une fille de son âge. Dans un bal, pas sûr qu'elle trouverait un cavalier, avec le visage qu'elle a, sa peau cloquée sur tout un côté. Tu as fait un tour de piste avec elle pour lui faire plaisir et parce qu'elle est gentille, la plus gentille de tes tantes.

Tu es une jeune fille à présent. Depuis un mois. En l'apprenant, Maman t'a embrassée comme du bon pain. Les seins te poussent sur la poitrine, cela fait comme une pièce de cinquante centimes sous le téton, et quand on appuie dessus, elle bouge. La peau tire sans être vraiment douloureuse, et d'une certaine façon la sensation est agréable. Le plus embêtant vient de ce que tes seins pointent sous le chemisier, les nichons, dit Jeannot qui n'en rate pas une. Alors, en attendant de pouvoir porter un soutien-gorge, tu mets un tricot de peau serré et croises les bras par-dessus. Certaines filles au collège bombent le torse avec fierté. Régine, elle, n'en veut pas parce qu'ils la gêneraient pour la danse. A-t-on déjà vu une danseuse étoile avec une forte poitrine ? Bien sûr que non. De ce point de vue, les garçons ont plus de chance même s'ils n'atteignent pas pour autant la souplesse des filles.

Tu es allée la voir dans son cours, un appartement dans le quartier de l'Opéra, clair, spacieux, un parquet brillant et une barre courant sur le mur. Des filles en tutu, deux trois garçons en justaucorps. La professeure en tailleur noir, chemise blanche et mouchoir à la pochette. Ses deux chiens dorment dans un coin. Un piano droit entre les fenêtres. La danse, c'est ça que tu désires plus que tout. Plus que le collège où tu t'ennuies à mourir, mais pas autant qu'à la maison.

Maman et Josiane sont devenues inséparables. Heureusement qu'il y a Nono. Tu l'as installé dans une caisse de vin avec, à défaut de paille, du sable et des branches d'arbustes. Tu l'en sors le matin et le soir pour qu'il gambille dans la pièce. Il a bien grandi depuis l'été, atteint sa taille adulte avec une fourrure immaculée, et des oreilles dressées au moindre bruit. Tu le caresses, le brosses, le laves au gant, nettoies sa caisse, ce qui est une autre paire de manches, et pas assez souvent selon maman que l'odeur dérange alors qu'elle sent bon le clapier comme chez madame Leriche. Il faut dire que Nono est malin et, la nuit, saute de son nid pour aller faire ses besoins sous l'armoire. Cela la réveille, elle a le sommeil léger comme une plume. On doit utiliser la balayette pour le déloger. Selon elle, les lapins ne sont pas faits pour vivre en ville. Ils rongent tout ce qu'ils trouvent. La dernière fois c'étaient les lacets de ses bottines, en vrai cuir, au prix qu'ils valent. Pourtant tu lui donnes à manger à sa faim, des fanes de raves, de carottes, des épluchures de pommes de terre, et, parfois, en cachette, un quignon de pain dont tu te prives. Tu l'as sorti un jour dans la rue, une ficelle attachée au cou, mais il n'a pas apprécié la balade, le macadam et les voitures, les gens qui se baissaient pour le caresser. Tu l'as pris dans les bras, son corps tremblait comme une feuille. Nono ne se plaît qu'à la maison quand tu le bichonnes, l'habilles d'un gilet taillé dans des chiffons sur un patron pris dans *Lisette*. Tu le fais danser sur le lit, il se débat, frétille, essaye de te mordre, le coquin, puis va se frotter contre une plinthe pour retirer son habit. Il est drôle, un vrai clown, un amour.

Comme Régine ne peut pas venir à Levallois, tu as amené Nono à son cours pour qu'ils se rencontrent. Les filles l'ont trouvé adorable, c'était à qui le caresserait, le bercerait, lui offrirait un morceau de pain sur son goûter. Manque de chance, quand Régine l'a soulevé pour le prendre, il l'a griffé, elle l'a lâché et il est retombé sur le parquet pour détaler à l'autre bout de la pièce. Madame Safronova a cru que tu l'apportais en règlement de cours que tu veux suivre chez elle. Car tu sembles faite pour la danse, il n'y a qu'à voir ta taille fine, ton port de tête, tes longs bras pour en être convaincu. Tu as piqué un fard, regardé Nono immobile dans un coin de la pièce. Madame Safronova se trompait au sujet de Nono, parce que pour les cours tu en avais parlé à ta mère qui n'était pas contre, mais il fallait que cela mijote dans sa tête. Tu es allé aussitôt chercher Nono pour le remettre dans son panier, les joues brûlantes de plaisir et de honte. Les filles ont repris leurs exercices, en position, le port des bras à hauteur du nombril, épaules tendues, omoplates rentrées, pieds alignés, légèrement écartés, si droites et belles dans leur immobilité qu'on croit les voir déjà danser. Le temps semble s'être arrêté, le silence a déplié ses ailes, et Nono grignote le bois du panier.

La danse, cela coûte très cher. Il faut acheter les chaussons, un justaucorps, le tutu, une tenue pour l'échauffement, sans compter le prix des cours et celui du billet de bus pour s'y rendre. Maman veut bien se saigner aux quatre veines, mais ce doit être pour du sérieux, pas pour une tocade, ma fille, et en faire ton métier, du moins si tu t'accroches, si tu es prête à faire des sacrifices à ton tour. Tu n'es pas faite pour l'école, c'est entendu, il n'y a qu'à voir tes résultats. Mais tu devras aller jusqu'au certificat d'études qui est dans deux ans, après on verra.

Pour toi, c'est tout vu.

Tu es trop grande pour jouer au théâtre du Petit Monde. Interpréter le Petit Chaperon rouge avec tes deux boîtes à lait, merci bien. Mais monter sur scène te manque, tu ne sais pas trop pourquoi, à cause des lumières peut-être, de l'excitation du spectacle, de la pénombre des coulisses, des camarades. Ce n'est pas pour qu'on te regarde, encore moins qu'on t'admire, d'ailleurs tu ne te trouves pas jolie. Non. La scène est comme un chez-soi plus beau que celui où l'on vit. Qui dure moins longtemps, change au gré des décors, des représentations, un chez-soi où le bonheur se réfugie, et l'ivresse avec lui. Tout y est découpé en carton-pâte, plus vrai que nature, fragile, réel. Les portes ne mènent nulle part, mais danser, sauter, tourner, exécuter des arabesques sur le plateau d'un opéra, au milieu d'un ballet, comblerait les rêves et les espérances de l'enfant qui se morfond en toi.

Régine a dressé une liste de ce que tu dois te procurer. Deux paires de chaussures, des pointes et des demi-pointes, une brosse spéciale pour les semelles, du talc, au pire du bicarbonate pour en sécher l'intérieur, un justaucorps, un tutu, des collants, la tenue d'échauffement, un cache-cœur, un boléro pour les épaules, un cache-cou et un bonnet, car on a froid après les exercices, surtout l'hiver, des guêtres pour les jambes, de grosses chaussettes, et un sac pour contenir tout cela. Mais maman ne s'appelle pas Rothschild, alors, dans la boutique, vous n'achetez que l'essentiel, d'autant que tu risques de grandir : demi-pointes, tutu et justaucorps. Voilà. Le talc, on n'en trouve plus depuis longtemps. Quant au sac, tu transporteras tes affaires dans le panier des courses. Ta professeure comprendra. Elle non plus ne semble pas rouler sur l'or. Son tailleur date de quelques années. Maman lui a fait un chèque au porteur à toucher à la fin du mois.

Dès le retour à la maison, tu essayes ta nouvelle tenue et comme il n'y a pas de miroir, tu te contemples dans le regard de maman. Un vrai petit rat de l'Opéra ! Un joli rat rose, et qui en fera des jaloux ! Tu danses les pas que tu as vu faire. Deux entrechats, tu es heureuse.

Madame Safronova sent la poudre de riz, et lorsqu'elle passe les filles en revue il faut garder la pose comme à la parade, jambes serrées, pieds en équerre, bras arrondis, buste droit, et sans tanguer, je vous prie, le poids du corps reposant sur l'avant des pieds. On enchaîne les positions, en écartant d'abord les bras, paumes des mains arrondies en dedans, ligne des épaules dégagée afin de donner l'impression d'allonger celle du cou, et jambes ouvertes sur une même ligne en respectant la distance d'un pied entre les talons. Puis on passe à la troisième position, dite « grande pose », un bras levé au-dessus de la tête, l'autre droit incliné vers le sol, les pieds croisés l'un devant l'autre. Vient alors la quatrième où l'on rabat un bras à la hauteur des hanches tout en avançant une jambe de sorte que le poids du corps se répartisse sur les deux pieds. Et la cinquième enfin, bras levés encadrant le visage, pieds serrés parallèlement. Ne reste plus qu'à faire sa révérence, du moins si on arrive jusque-là, car l'enchaînement des positions tel que le demande madame Safronova n'a rien de coton et au début on bringuebale un peu, ou c'est le buste qui penche trop, les pieds qui se décalent, les bras qui ressemblent à de la guimauve, enfin rien ne va et il faut tout recommencer.

Parmi les nombreuses consignes à respecter, la plus importante est, pour se tenir droite, d'imaginer un fil au sommet de la tête vous reliant au plafond ou au ciel, comme une marionnette. Cette chaîne libère le mouvement. Madame Safronova le répète souvent, il ne s'agit pas d'occuper l'espace, mais de lui donner une forme, de le déplier, de l'amener à vous aimer. Chacun de vos gestes, de vos pas ne peut prendre vie qu'à la condition de dessiner un rythme, qui sans eux demeurerait muet. L'espace se met alors à respirer, à devenir votre corps, votre âme, centimètre par centimètre, et ensemble déliés. C'est pour cette raison qu'il est impératif de répéter sans cesse les positions jusqu'à les oublier.

Tu ne comprends pas toujours ce que dit madame Safronova. Elle semble se parler à soi-même, sa voix devient un peu triste comme si elle se rappelait de lointains souvenirs, elle fait le tour de la pièce, regarde par la fenêtre, puis frappe dans ses mains et on reprend le travail.

La respiration de l'espace, pourtant, tu l'as sentie au moment des arabesques. Il en existe des variantes sur pointes ou en sautant, en piqué ou en relevé, mais toutes font aux pieds un véritable mal de chien. La jambe s'élève à plus de 90 degrés, un bras lancé vers les étoiles, l'autre aligné derrière soi, le dos arqué, le corps en équilibre sur la pointe, le visage vers le public. On tient la posture comme un oiseau prêt à s'envoler. L'arabesque « à la lyre » est ta préférée : toujours de profil et jambe d'appui en dehors, on porte les deux bras vers l'avant comme deux branches qui mesureraient on ne sait quoi, mais délicatement, avec grâce, souplesse.

Au début tu tiens à peine en place, vacilles au moindre souffle comme si ton corps ne savait où reposer, craignait de s'écrouler. Le fil se détend, les épaules s'affaissent et la marionnette s'effondre. Tu reprends la position, ajustes les jambes aux bras, relèves la tête, mais ta jambe d'appui se met à trembler, et ton corps avec elle, les mains balayant le vide comme pour se retenir après lui. Plus avancées que toi, les autres filles réussissent mieux. Madame Safronova passe près d'elles, frappe de sa baguette l'une ou l'autre pour redresser un buste, une cuisse, abaisser une épaule trop haute. Tu ne te décourages pas, recommences, le pied chauffé à blanc, la cheville dure comme du bois, et les reins qui te tirent, dans un équilibre précaire, tétanisés entre deux ciels, prêts à lâcher. Puis elle arrive à toi dans son parfum de poudre de riz pour appliquer sur ton ventre et le haut de tes cuisses deux coups de badine. Deux tapes sèches qui rectifient ta posture, en rétablissent l'harmonie, et te posent soudain dans l'espace, enracinée, légère, transformée en ballerine d'un opéra silencieux, féérique.

Ce jour-là, en revenant à la maison – et pendant le trajet tu revois l'arabesque exécutée à la perfection, comme par magie, ou mieux, à force d'exercices, de patience, de volonté, de désir, et sans plus ressentir de douleurs comme si elles s'étaient retirées au loin ou que cela ne comptait plus, et tu en ressens une fierté inouïe, plus grande encore que celle que tu as éprouvée à nager seule dans la Seine, une fierté telle que tu as l'impression qu'autour de toi tout le monde aperçoit ce changement, s'en étonne, s'en réjouit –, ce jour-là, la cuisine embaume d'une odeur de plat en sauce provenant d'une marmite d'où s'élève, en même temps que la vapeur, un fumet délicieux de viande. Maman se retourne vers toi, la cuiller à la main, elle vient de goûter la sauce, de la ressaler peut-être, mais elle ne te sourit pas, comme gênée. Tu poses ton panier sur une chaise, défais ton paletot, l'accroches à la patère, et, à ton habitude, te diriges vers Nono, vers sa caisse qui n'est plus là, soudain, et à la place, le carrelage propre.

Pas de Nono.

Tu regardes ta mère, son visage qui tourne au marbre, eh quoi ! ma fille, que croyais-tu ? Déjà elle sert le plat fumant dans les assiettes. La viande blanche sous la sauce. Et vous devant que la faim a quitté. Maman repose ses couverts, replie sa serviette. À elle aussi c'est trop demander. Un cri te monte à la gorge, mais rien ne sort, sauf les larmes. Alors tu t'enfuis dans la chambre, claque la porte derrière toi, sans hurler.

Tu as gardé ton justaucorps, tu voulais lui montrer comment tu sais exécuter les arabesques. Mais maintenant ! Ou pour Nono, oui, pour lui. Position une, pieds écartés, mains aux hanches, puis quart de tour, jambe levée, bras en avant, vers les étoiles, la tête droite, les joues noyées. Dans la pénombre immobile, lancée, en pleurs. Tu n'as appris aucune prière. Celle-ci tu l'adresses à Nono. Une arabesque pour son âme. À la lyre.

L'homme est entré sans prévenir, essoufflé, les cheveux plaqués sur le front. Tu ne l'as jamais vu, pourtant maman le connaît, et très bien apparemment. Il s'est assis à la table de la cuisine, massif, transpirant, et elle lui tient la main. Il faut dire que juillet est chaud cette année, étouffant. La veille au soir, des explosifs déposés dans l'usine Jaeger ont provoqué un incendie. Les pompiers ont tardé, comme par un fait exprès. Inutile de se présenter à l'usine, la moitié des locaux a brûlé. De toutes les façons, lui ne comptait pas y retourner. Depuis que les Américains ont débarqué en Normandie, ça commence à bouger à Levallois et Argenteuil, à cause des communistes. C'est qu'il en reste encore de ces salauds. Des barricades dressées place de Villiers, rues Anatole-France, Louise-Michel, Victor-Hugo. Ils empilent des sacs de sable en prévision de l'insurrection. Pas question de prendre une balle perdue. Il a de la famille dans l'Est qu'il va rejoindre avant que tout dégénère. Il voudrait qu'elle vienne avec lui, maman, d'ici un jour ou deux, pas davantage, il vaut mieux se grouiller. Alors, c'est d'accord ?

Tu la regardes sans comprendre. Elle ose à peine se tourner vers toi. Lui, il ne t'a pas jeté un coup d'œil, comme si tu n'étais pas là. Ils ont les mains enlacées au-dessus de la table. Tu te rappelles à présent une photo tombée de son sac à elle, un portrait de face au centre d'un dessin figurant un cœur. Tu t'étais demandé si c'était son amoureux, et pourquoi elle te le cachait. Très blond, le visage carré, comme elle. Sur le moment, cela t'avait vaguement dégoûtée. À présent, il t'écœure.

Alors, c'est d'accord ?

Elle te fait signe d'aller dans la chambre. Mais toi, tu sors pour voir les barricades. Elles ne sont pas si nombreuses que cela, ni si hautes. Tu imaginais des murs derrière lesquels des hommes armés feraient le guet, ce ne sont que des murets de sacs mêlés de vieilles tables, de chaises cassées, de gravats abandonnés. Les piétons passent devant en s'écartant. Un chien lève la patte sur l'une d'elles. Des enfants s'y planquent en riant, rappelés par leur mère. Madame Safronova dit que la guerre va bientôt finir, que les Allemands ne s'en iront pas sans rien faire et que ce sera un bain de sang. Les rues de Levallois étaient si jolies autrefois. Tout est sale à présent, mauvais. Comme l'amoureux de maman avec lequel tu ne la laisseras pas partir.

À la maison, elle est seule, les yeux cernés de rouge. Tu ne lui poses aucune question. De toute manière, elle ne te répondrait pas. Elle moud des grains de chicorée. De l'eau bout dans la casserole. Des coupons de pain et de viande attendent posés sur la table. C'est à ton tour de faire les courses. Demain, ce sera le sien.

Madame Safronova a fermé son cours pour l'été. Chaque jour, tu t'exerces dans la chambre en te tenant à la poignée de la fenêtre. Tu reprends les positions, les figures, les attitudes, travailles à assouplir le corps, les jambes surtout. Tu brosses tes chaussures, intérieur, extérieur, laves le justaucorps, le tutu qui doivent être propres pour la rentrée. Quand les rues sont plus calmes, tu te rends chez Régine et vous répétez ensemble vos mouvements, demi-pliés et grands-pliés, les développés, les dégagés, devant, derrière. Régine aimerait rejoindre une troupe, mais ses parents veulent qu'elle se présente d'abord aux épreuves du baccalauréat qui auront lieu dans deux ans, comme toi le brevet. La différence d'âge permet aux lois de votre amitié de veiller l'une sur l'autre. Comme maman avec ses sœurs, c'est une tendresse de chaque instant, jalouse, apaisée, et qui sait se passer de paroles. Que Régine soit plus douée que toi te remplit d'admiration. Elle est toi dans deux ou trois ans, plus épanouie, plus sûre d'elle, moins vive peut-être, mais moins follette. Pour ce qui est des amoureux, elle n'en a pas, et ce ne sont pas les deux garçons qui ont quitté le cours qui auraient pu changer les choses. Si on tombe amoureuse, c'est d'un seul regard, et par hasard, sans même un sourire, au contraire, cela fait mal, très doucement. Souvent on devine à quoi les hommes pensent, et il est plus facile de faire l'amour que de le connaître. Il faut savoir alors être patiente et demander l'impossible.

Tu écoutes Régine. La vie pétille dans ses yeux. Elle fera une marraine idéale pour tes futurs enfants. Ces visites à ton amie te soustraient à l'atmosphère lugubre de la maison. En août tu dois y renoncer : la ville se peuple d'hommes en armes, de tractions-avant qui filent à toute vitesse, pas celles avec gazogène, non, des noires et luisantes comme des corbillards. Des cloches se mettent à sonner, les fenêtres se pavoisent de drapeaux bleu blanc rouge, le ciel se charge d'avions boches qui mitraillent et sur les toits des fusils qui tirent sur les passants. On court, on crie, on tend le poing, des jeunes hommes surtout, les femmes et les enfants restent à l'abri. La nuit aussi, ça remue, chuchote. Maman a peur. Les bombardements ne lui faisaient ni chaud ni froid, mais à présent elle a peur sans que tu saches de quoi au juste.

Un matin, tout cesse, les bruits, la vie. Les pigeons ont déserté les toits, les nuages le ciel. Des fenêtres émergent des têtes, des gens descendent dans la rue, s'embrassent, s'étreignent, de plus en plus nombreux, poussent des cris, des hourras : la guerre est terminée, oui, c'est fini, n, i, ni. L'armée française est dans Paris et la joie dans le cœur des Français. Sauf maman, qui ne veut pas sortir. Les jours suivants non plus. Fenêtres closes. Même s'il fait tellement beau que cela donne envie d'aller se promener, surtout avec cette fête partout dans la ville. Toi, va ma fille, si ça t'amuse.

En sortant, le lendemain, tu découvres la vérité. Malgré la chaleur, maman a enfilé un pardessus et béret. Il y a beaucoup de monde dans les rues. Vous vous tenez par la main. La sienne est moite et serre fort. Rue Louise-Michel, un attroupement de femmes, d'enfants, et d'hommes, certains armés, d'autres pas, un brassard bleu blanc rouge au bras, des militaires aussi, et au milieu des filles à demi nues, en jupon ou chemise de nuit, au crâne rasé, qui attendent on ne sait quoi. L'une d'elles porte un bébé dans les bras. Maman te tire par la main pour reculer, mais trop tard. Toi aussi, tu l'as reconnue, Josiane, sur une chaise, assise devant deux hommes en blouse qui lui renversent la tête en arrière, les grands ciseaux de la tondeuse en main. Les mèches tombent par paquets, tout le monde regarde, cela fait rigoler les gens. Des larmes coulent sur les joues de maman. C'est la première fois que tu la vois pleurer. Josiane ne bronche pas. Tu ne l'as jamais aimée, mais la pitié te prend par surprise. Elle ne vous a pas vues. Tu prends ta mère par la taille et l'entraînes en prenant soin de ne pas attirer l'attention. Au moment où vous quittez l'attroupement, un homme vous barre le passage, en veste de cuir, un brassard au bras, et un méchant sourire aux lèvres. En le voyant, maman devient blanche comme un linge. L'homme lève la main pour appeler, l'air joyeux, mais il est loin de ses camarades, hésite, se penche, te regarde blottie contre elle, et elle, immobile dans son imperméable. Alors, il lui crache au visage et passe son chemin.

À la maison, Maman fait chauffer de l'eau, se déshabille, emplit la cuvette et se lave. Elle ne pleure plus. Mais son corps nu et blanc sanglote malgré elle. Le soleil n'entre plus dans la pièce. Demain elle retournera au travail. Vous garderez le secret.

Les cours de danse ont repris. Mais pas tout à fait comme avant. Tu n'arrives plus à te concentrer sur les mouvements, les grands pliés surtout. Pour les glissades, c'est presque pire, en avant, en arrière, en position ouverte, croisée ou diagonale, tes jambes deviennent bêtes. Des bouts de bois. Celle d'appui comme un bâton fiché en terre. Et madame Safronova qui lance continuellement : « N'oubliez pas la deuxième jambe ! » Heureusement qu'on n'en a pas trois.

Au moment d'un développé en seconde, madame Safronova te frappe au bassin de sa badine. Ce n'est pas le coup qui te fait mal, mais le regard qu'elle te jette. Comme sur une chose inutile, en justaucorps, au bassin de guingois, qui n'est peut-être pas faite pour la danse après tout. Une chose qui rêve d'être une étoile et n'en est que la poussière. Il y a tout cela dans ce regard. Celui de maman, lui aussi, se pose sur toi sans amour, sans doute à cause des misères qu'on lui fait au travail, des réprimandes, de Josiane dont elle n'a plus de nouvelles, de la tribu Muller qui ne veut plus entendre parler de vous, à part Madeleine qui, le dimanche, apporte des provisions parce qu'à nouveau on manque de tout, et c'est même pire que pendant la guerre.

« Faites briller vos allegros, mesdemoiselles ! » Tu reprends un plié. Tout est dans le plié. Le corps est un roseau tendu et souple sur lequel on peut compter en toute circonstance, se reposer. Madame Safronova se met au piano. La musique est un autre corps, plus léger, impalpable et tout aussi exigeant. Les deux s'accompagnent et n'en font qu'un. Muscles et notes, les bras déplient leur mélodie, les jambes un chant, aux chevilles une croche tinte, au pied une blanche pointée. Demi-plié et grand-plié, du chausson on brosse l'esquisse, puis pirouette, épaules basses, omoplates écartées, on se reçoit dans un vertige. « Respirez, mesdemoiselles ! Respirez ! » Le piano joue de courtes phrases tirées d'on ne sait qui. Elles pincent l'air, cliquètent, sonnent, dressent le torse, creusent les reins, hanches et bassin, montrent aux pointes le chemin, puis, en un dernier accord plaqué, courbent le ciel en révérence.

Une présentation est prévue avant Noël, avec la famille, les amis et des professionnels. Un ballet d'une heure sur des airs de Mozart et de Camille Saint-Saëns. Pour l'occasion, Régine a photographié les filles à tour de rôle en tutu et en a tiré des clichés à bordure blanche et dentelée. Ils tiennent dans le creux de la main, on se les passe en gloussant, amusées, déçues parfois de n'être pas mieux peignées. Avec les cheveux sales, le chignon tient mieux. Sur une des photos, en demi-arabesque, tu regardes l'objectif, souriante. Madame Safronova dans ton ombre te soutient par la main. On ne voit que sa chevelure bouclée. Tu as l'air heureuse et inquiète, et le tulle du tutu remonte par-derrière. Sur une autre, prise dans la cour, tu es sur les pointes, une main sur une rambarde de fenêtre, prête à t'élancer, dans cet affreux tutu qui te grossit. Celui de Régine en revanche lui va à ravir. De votre professeure, elle n'a qu'un cliché à l'extérieur, dans son éternel tailleur noir, les deux chiens à ses pieds. À cause du soleil, elle plisse les yeux et grimace, ses bouclettes éparpillées sur le front. Et toujours cette douleur dans le regard. Cette douleur d'attendre ou de n'en pouvoir plus.

Madame Safronova a demandé à Régine un tirage de chaque cliché qu'elle disposera dans un album à côté de ceux de ses anciennes élèves dont certaines sont devenues premières danseuses et même Étoiles. L'une d'elles a invité le cours entier à une représentation à Garnier. Rien que du beau monde, du marbre, des dorures, des lustres, des flambeaux, des fresques et un escalier comme dans un conte de fée. C'en est un d'ailleurs que vous allez voir, *Casse-Noisette*, sur une musique de Tchaïkovski, avec le ballet de l'Opéra de Paris. On vous a placées à l'orchestre, face à une scène aussi large qu'un paquebot. Dans la fosse, éclairés par des loupiotes, les musiciens s'accordent. On voit le sommet de leur crâne, le manche des instruments qui dépassent. Au plafond, des anges soufflent dans des trompes près de divinités assises sur leur nuage. Les balcons s'étagent jusqu'à elles comme l'offrande d'un bouquet dont les spectateurs font le feuillage. Un grand frisson s'échappe de tout cela, une rumeur de chuchotements où tu n'oses mêler les tiens. C'est un palais des mille et une nuits. Une seule te suffit. Les lumières s'éteignent, les voix s'apaisent : le rideau se lève.

La beauté t'a toujours fait pleurer. Cela monte de la poitrine, coule sur tes joues, chaud sans un sanglot. C'est plus fort que toi. La musique t'emporte, même si tu n'y connais rien, mis à part les bals musette et le piano de madame Safronova. L'orchestre crève le ciel en un instant. Les danseurs t'émerveillent d'autant plus que l'exécution, parfaite, est presque irréelle à force de précision, de légèreté, de naturel. On pense à des poupées que les lumières ont fait éclore. Le grand-jeté d'un danseur qui s'envole et l'Étoile, de pirouette en pirouette, dressée sur ses pointes, telles des flammes, feux follets parcourant la scène. Tu sais pourtant tout le travail qu'un tel résultat demande, mais la magie a gagné la partie, ton âme simple en épouse le miracle et la grâce.

Une ovation jaillit du public qui se lève. Toi, sous le choc, tu restes assise, écrasée par la beauté, par la ferveur. Tes camarades sautillent près de toi. Madame Safronova a promis d'aller dans les coulisses. Il faut vite quitter la salle, jouer des coudes dans la foule, sortir du palais, pousser une lourde porte, emprunter des couloirs où des filles plus jeunes courent en tous sens pour arriver aux loges devant lesquelles se pressent déjà plusieurs personnes. Votre petite troupe entre en premier dans le saint des saints.

Malgré la résille qui enferme ses cheveux et le fond de teint qui plâtre son visage, elle rayonne de l'éclat de la scène, épanouie dans l'espace étroit de la loge, en justaucorps rose pâle, les épaules ceintes d'un boléro de satin, si belle et noble qu'on dirait une déesse surprise au moment de sa toilette. Elle porte de longs faux cils qui papillonnent le temps des présentations. Tu as retenu son prénom, Yvette, celui d'une de tes tantes, mais la comparaison s'arrête là, car ta révérence tu l'adresses à une reine de haut lignage, une reine que madame Safronova a embrassée, et dont le regard calme et clair parcourt votre petite troupe. « Quelles jolies étoiles à faire briller, tu as là, Lili ! » La reine sourit, embellie par la fatigue du spectacle. Il est temps de se retirer. Un garçon en livrée entre, les bras chargés d'un bouquet somptueux dont le parfum vous chasse de la loge. La reine lance de la main un adieu que tu attrapes au vol, en souvenir.

Ce soir-là, tu dors chez Régine. Dormir n'est pas le mot qui convient, car toute la nuit vous la passez à l'Opéra, sur la scène avec les danseurs à rejouer la chorégraphie, les pas, les figures, et dans la loge de reine Yvette à emplir vos regards d'étoiles.

Demain se peuple de grands jetés et d'arabesques. L'aube vous surprend courbaturées de ce bonheur.

Il fait un froid de canard sur le quai à cause du mistral qui souffle depuis trois jours. C'est la première fois que tu vois la mer, et si bleue, immense, dans la lumière éclatante de Marseille, que cela fait presque mal aux yeux. De l'autre côté, c'est l'Afrique du Nord où vous allez en tournée. Le monde se presse près des bateaux, des hommes chargent et déchargent des ballots, des passagers montent et descendent des passerelles. Tu te réchauffes au soleil devant le poste d'embarquement, dans ton cardigan à gros boutons noirs et ta jupe plissée écossaise. Régine a déplié le soufflet de son appareil, regarde dans l'œilleton ; allez, *cheese* ! mais tu restes renfrognée et triste. Comment ne pas l'être ! Tu quittes la France pour plusieurs mois, avec des inconnus. Tu quittes la maison et maman.

À la gare de Lyon, ç'avait été un déchirement. Tu avais fait bonne figure pourtant à cause de la troupe, de monsieur Bianco, le directeur, et de Régine que la perspective du voyage excitait comme une puce. Maman les avait salués puis elle t'avait donné ses consignes : ne pas s'exposer au soleil, enfiler une petite laine le soir, car il pouvait faire froid la nuit, prendre garde à ce que tu mangerais, aux épices en particulier qui pouvaient être très fortes à ce qu'on disait, essayer de ne pas te coucher trop tard après le spectacle, et, surtout, tenir les hommes à distance. Elle avait insisté sur ce point. Jolie et jeune comme tu l'es, ils te tourneront autour comme des mouches, te feront les yeux doux, c'est certain. Aussi fallait-il y mettre le holà dès le début. Ne pas se laisser embobiner. Elle savait de quoi elle parlait, et tu n'avais que quatorze ans…

Elle avait passé son pouce mouillé pour redresser tes sourcils. Je te la confie, Régine. Les chefs de gare refermaient la porte des wagons. Et pour te dire au revoir, au lieu d'employer ses habituels mots doux de « ma fille », « ma chérie » ou « mon trésor », elle t'avait appelée par ton prénom, Christiane, qu'elle n'utilisait jamais, et qui, en mettant tendrement une distance entre vous, t'avait redonné le courage qui te manquait, sur ce quai, permis de rejoindre tes camarades sans pleurer comme une madeleine.

Tu te rappelles votre adieu, ses baisers, et le train qui s'ébranle dans la nuit. Le port de Marseille scintille sous le vent qui soulève des papiers gras, des odeurs d'algues et de rouille. Du paquebot s'élève une fumée épaisse et noire. La traversée jusqu'à Alger durera un jour complet. Avec un peu de chance, on pourra voir des dauphins dans le sillage du bateau. Et, au loin, des baleines.

Maman t'a encouragée à accepter ce qui au début n'avait été qu'un projet suggéré du bout des lèvres par madame Safronova. Il ne s'agissait pas de danse classique à proprement parler, non, plutôt d'opérette ou plus exactement de music-hall, un beau spectacle néanmoins, aux multiples tableaux, sur le thème de la danse de Louis XIV aux années 1920. Monsieur Bianco en avait exposé les grandes lignes avec des effets de manches et un accent du Midi à couper au couteau. Il avait besoin de jeunes filles pétillantes qui, pour un cachet des plus convenables et un défraiement *ad hoc*, sachent se tenir sur pointes, chanter, et porter tutus, froufrous et crinolines avec élégance et raffinement. Régine avait été emballée. Toi un peu moins. La tournée se déroulerait de l'autre côté de la Méditerranée, Alger, Oran, Mostaganem, et Constantine, des noms appris à l'école, lointains. Associé à monsieur Vernet, dont on n'avait pas vu le museau, Édouard Bianco connaissait parfaitement ces régions pour y avoir « tourné » régulièrement avant-guerre. L'accueil du public était enthousiaste, époustouflant de bonne humeur et de bonté. C'était Paris sur un plateau. La France. Et des célébrités, puisqu'il y aurait, excusez du peu, Mesdemoiselles Violette Léran et Marcelle Hyne du Trianon lyrique. Madame Safronova avait poliment hoché la tête, présenté quelques-unes de ses élèves parmi lesquelles Édouard Bianco avait choisi Régine, Suzy et toi. Satisfait, il avait remis son chapeau, serré les mains et quitté le cours en sifflotant.

En italien, Bianco signifie blanc. Dès l'arrivée à Alger, la lumière te saute au visage. La ville éclate partout de blanc, immeubles, places, monuments, trottoirs et jusqu'aux vêtements des gens. Un blanc éblouissant comme si tout était lavé au bleu par le soleil, passé à la chaux de ses rayons au point qu'on est obligé de baisser le regard, de mettre une main pour se diriger dans les rues, rejoindre l'hôtel Marceau, rue d'Isly, où vous séjournerez, à deux pas du Casino Music-Hall. Alger ressemble à Paris avec les façades de ses grands immeubles, les vitrines de ses magasins, les autos, le tramway, mais soudain ce sont des palmiers, des encorbellements orientaux, des rues étroites où passent des hommes en djellabas et tout change, on se retrouve ailleurs, loin de tout, de la France, de maman. Heureusement qu'il y a Régine, et même Suzy avec laquelle tu n'étais pas amie au début. Durant le voyage vous avez eu le temps de sympathiser, ainsi qu'avec une partie de la troupe, les garçons, René, Lucien, Pastor et Cardin, les filles, Maguy, Maryse, Jacqueline, l'habilleuse, Violette Léran et Marcelle Hyne qui, contrairement à ce que tu pensais, ne se croient pas sorties de la cuisse de Jupiter. Tu es la benjamine du groupe qui très vite a raccourci ton prénom en Cricri, comme les criquets et les cigales dont le chant peuple les arbres des jardins sans qu'on puisse les voir, ou peut-être à cause de ce cri que tu gardes au fond de toi, caché de tous.

Le Casino Music-Hall te fait penser au théâtre du Petit Monde en plus clinquant. De vieilles boiseries, des colonnades orientales, des tentures aux couleurs vives, un promenoir, un bar américain, des coulisses étroites, des loges exiguës compensées par une scène profonde sur laquelle vous reprenez les répétitions, en costume cette fois, pour un spectacle différent chaque soir, du mardi au samedi et le dimanche en matinée. Cela s'appelle *Paris Follie's*. Tout un programme. Tu interviens dans presque tous les tableaux, Grand Siècle, Boudoirs, French Cancan, Caf'Conc' et Bal Musette, sans oublier un Dimanche à l'Opéra, une Nuit Créole et un Ali Baba et les Quarante Voleurs à se tordre de rire. Les tableaux sont entrecoupés d'intermèdes musicaux et de numéros de cabarets, acrobaties, jongleries, magie, ce dernier étant ton préféré.

Aidé du chien Billy qui lui apporte ses ustensiles, Pastor y rate volontairement ses tours. Les nœuds des cordes ne se défont jamais, les foulards sortent par dizaines de ses manches, la colombe jaillit du chapeau au moment où on ne s'y attend plus. Le numéro se clôt par la femme coupée en deux qui, en apercevant la scie, s'enfuit en hurlant. Le public en redemande toujours. Alors Pastor prend Billy qu'il accuse de tout faire échouer, le dépose dans une boîte, tape dessus et soudain, plus de Billy ! ne reste que la boîte aplatie, un Pastor effrayé appelant son chien partout, et, sous un déferlement d'applaudissements, Billy bondissant des coulisses.

La première représentation de *Paris Follie's* est une couturière où sont présents le directeur du Théâtre en compagnie de sa famille, de quelques amis, de monsieur Bianco et de Mahiout et Rabah, les régisseurs de la tournée. Tu as un trac fou, la bouche sèche et les mains moites. Vous n'avez eu que trois jours pour mettre en place un spectacle dans lequel on doit changer de costumes sans cesse, passer du tutu aux jupons du Cancan, des chaussons aux bottines, des cheveux lâchés au chignon, et avec seulement une habilleuse pour sept danseuses. Le trac est comme un feu qui se propage de regard en regard, vous retourne l'estomac, vous coupe les jambes, vous vide de votre sang. Mais une fois sur scène, *pfuit*, il disparaît, avalé par les projecteurs. Tout devient évident, irréel, votre corps, votre présence, là, au milieu du monde, exposée au public qui est comme une bête multiple tapie dans l'obscurité.

La couturière se passe bien, avec quelques accrocs évidemment, de ceux qui portent chance. Le directeur vous invite à la brasserie Gambrinus, dans un salon au premier étage, pour une soupe à l'oignon générale arrosée d'un vin de pays pas piqué des hannetons qui fait dire à Cardin qu'il ne s'est pas foulé, le dirlo. Cardin, c'est le danseur, jongleur, équilibriste, et le plus âgé de vous tous. Avec son visage allongé, ses yeux clairs et ses cheveux bouclés, il ressemble un peu à ton père, du moins aux souvenirs que tu as de lui. Le directeur se lève pour évoquer les vedettes qui ont honoré son casino : Damia, Mayol, Maurice Chevalier, et souhaiter aux *Paris Follie's* toute la gloire qu'elles méritent. Grand seigneur, il commande du Champagne – en réalité un mousseux sucré.

La veille, monsieur Bianco vous a régalé d'un dîner au Phénix, somptueux : cervelas de Lorraine, jambon Olida, dindonneau farci, omelette au rhum, corbeille de fruits. À Alger, ils ne manquent de rien alors qu'à Paris le ravitaillement peine encore à se rétablir. Tu manges comme quatre et en éprouves une honte sourde, imaginant maman, l'appartement de Levallois, la rue Jules-Guesde des usines Jaeger, le froid, et tout te revient, Nono dans la marmite, l'œuf à la coque brisé sur le carrelage, cela te serre la gorge. Comment des pensées peuvent-elles retourner le cœur à ce point ? Après tout ce temps. Tu as l'impression d'être partie depuis des années. N'existe que le Phénix, la troupe, la ville immaculée, le spectacle. Et c'est tant mieux, mais tu ne le sais pas, ou tu le refuses car cette distance que tu mets sur le compte du temps et de la géographie se niche dans ton cœur de jeune fille de quatorze ans, un cœur à la fois vigoureux et fragile, sain, qui s'ouvre et de se referme à la moindre émotion, tout le temps.

Chaque semaine, tu écris à maman, le plus souvent sur des cartes postales. Vue du port, place du Gouvernement, rue de Constantine, l'Opéra, l'entrée de la Casbah. Il fait très beau. Je mange bien. Tout le monde est très gentil avec moi. Hier, ceci. Demain, cela. À Madeleine aussi. À madame Safronova, Bons baisers d'Algérie. Deux timbres à cinq centimes et on les dépose à la grande Poste qui ressemble à un palace.

Le matin, tu te lèves tard, rejoins Régine et Suzy. S'il n'y a pas répétitions, vous allez prendre un grand crème au Milk Bar du Bon Marché, remontez la rue Dumont-d'Urville, passez devant l'Opéra, place Bresson, puis la rue Bab-Azoun à l'ombre des arcades, débouchez sur la place du

Gouvernement inondée de lumière sur laquelle se dresse, face à une statue équestre, la pâtisserie magnifique de la mosquée. La vieille ville commence là, la Casbah où vous n'allez pas, sauf avec les garçons, une succession de ruelles s'étageant par-dessus la mer qu'on ne voit jamais, des maisons pauvres, des gens pauvres, pire que le Mazzagrande d'Argenteuil, dont tu n'aimes pas croiser le regard parce que tu ne sais pas quoi mettre dans le tien. Un sourire suffit, un bonjour. René, le premier danseur de la troupe, s'y rend souvent avec Cardin, pour le dépaysement, l'exotisme, disent-ils, et les bars tenus par des Marseillais où l'on sert de la boukha pour rien. René est très joli garçon, doux, avec l'air rêveur, il exécute de grands jetés délicats. Quand l'idée te vient d'en tomber amoureuse, Régine et Suzy éclatent de rire. Mais ma Cricri, voyons, tu ne vois rien ! Ah, celle-là, on lui pincerait le nez qu'il en sortirait du lait !

Après le spectacle, vous allez souper au Phénix ou au Bosphore, un cabaret dancing qui fait académie de billard et salle de jeux. Devant l'entrée des artistes du Casino, se trouve toujours un groupe d'admirateurs, sourire aux lèvres, qui tentent leur chance en invitant l'une ou l'autre à boire un verre. Les danseuses attirent ce genre d'hommes bien mis entre deux âges. Ça marche parfois avec Suzy, Maguy ou Violette. Jamais avec toi. On les retrouve au cabaret. Ils s'asseyent avec vous, payent une tournée, proposent de danser. Il faut faire attention alors aux baisers dans le cou et aux mains baladeuses.

Passées les fêtes de fin d'année – et cela te fait drôle, Noël, le jour de l'An, sans maman, te trouble comme la douleur d'une plaie qu'on croyait refermée, mais qui élance dès qu'on y met le doigt – la troupe se rend à Oran pour trois semaines de représentations au Casino Théâtre du Bastrana. À Oran la Joyeuse, Maguy se foule la cheville en dansant le flamenco dans un cabaret de la Corniche. Monsieur Bianco la met à l'amende ; tu reprends ses rôles au pied levé, c'est le cas de le dire.

À l'image de la ville, le public du Bastrana est constitué d'une majorité d'Espagnols plutôt bruyants qu'il faut divertir chaque soir par de nouveaux numéros à grand renfort de bonne humeur. Cardin, lui, appelle cela *aller au charbon*. Pour toi, malgré la fatigue, c'est une fête, un étonnement, et un travail qui rapporte de l'argent à la maison. Ton cachet va directement sur un compte en banque que maman a ouvert à ton nom. Quand tu le peux, tu économises sur les défraiements, pour plus tard.

À Oran, la mer, le port, les bateaux te donnent le mal du pays.

À Constantine, la montagne te permet de ne pas trop y penser.

Dans l'avant-dernière étape de la tournée, début février, vous arrivez de nuit, une nuit étoilée et glaciale. Vous passez un mois dans le beau théâtre de la place de la Brèche et à l'hôtel Moderne où tu occupes une chambre ensoleillée avec balcon au dernier étage. À Constantine, c'est les vacances. De jolies places, des jardins publics, un boulodrome animé, des marchands de beignets, le grand café Gurriet où vous soupez, le bazar du Globe près de la Casbah et un ravin gigantesque entourant la ville que l'on traverse sur un pont suspendu qui se met à vibrer dès que souffle le vent des montagnes. Mahiout connaît la ville comme sa poche. La corniche à flanc de falaise offre une perspective grandiose qui donne le vertige. Vous vous rendez au tombeau des morts qui ressemble en plus massif à l'Arc de Triomphe de Paname. Régine vous a pris en photo, en rang sur les marches, la tête penchée de part et d'autre, comme un bouquet. Tout le monde est là, ou presque, Cardin, Rabah, Maguy, Mahiout, René, toi avec Billy dans les bras, Violette, Suzy, Marcelle, Lucien et Maryse. Sur une autre photographie, René et Cardin se tiennent perchés sur la rambarde du monument. Derrière, c'est le vide.

Vous descendez faire un tour dans les gorges du Rhumel, à sec en hiver, où l'on se sent tout petit, écrasé par la roche monumentale. En haut, la ville borde la falaise des mousses blanches de ses maisons. Mahiout a amené la plus jeune de ses sœurs et vous invite chez ses parents à manger un couscous à se damner. Au diable les régimes, lundi, c'est relâche. Cornes de gazelle, crème aux amandes et baklavas en dessert. Après, une bonne sieste.

À Constantine, le temps passe plus rapidement. Depuis ta chambre, tu contemples les montagnes au ciel alourdi de nuages, les toits de la médina, le souk dans lequel tu es allée faire des achats avec Lucien et Régine : des babouches pour Pierrot, des châles pour Madeleine et Pépette, un porte-monnaie en cuir de chameau, un petit plat en cuivre si brillant qu'on dirait de l'or et un autre châle brodé pour maman. Ça a pris un temps fou pour les acquérir au meilleur prix et à la fin le souk te sortait par les trous de nez.

Tu vas bientôt la rejoindre. La tournée est presque terminée. Après Mostaganem, vous embarquez à Alger. Tu as acheté des dattes fourrées dans une boîte peinte d'une mosquée. Tu te demandes comment tu vas retrouver ta maman. Tu y penses tout au long du voyage. Cela fait près de six mois que tu es partie, et si tu as hâte de la voir, si le bonheur monte heure après heure, il se mêle à de la peur.

Tu as grandi, forci même avec tous ces loukoums et les couscous, mais surtout en maturité. Bien que tu aies réussi à les maintenir à distance, plusieurs hommes te sont entrés dans le cœur, de jeunes garçons, le temps d'un regard, d'un verre avec la troupe, de compliments sur ta façon de danser. Lucien, une fois. Et René, pour rien. Des flirts. Des rêves. Des rubans qu'on lance et qu'on reçoit, on s'amourache du premier nœud qui se forme, on tire dessus, il se défait, ou il serre plus fort qu'on ne pensait.

Et puis tu as parcouru des milliers de kilomètres, joué devant des milliers de personnes, diné dans des palaces, vu l'infini de la mer et des paysages majestueux, alors tout cela, toutes ces aventures, tu ne sais pas si tu vas pouvoir les partager, ou pire si, comme tu le pressens, elles ne vont pas, par un seul regard de ta mère, faner dans la grisaille de Levallois. Tu viens tout juste de fêter tes quinze ans. Un gros gâteau au Gambrinus avec ton nom dessus, Cricri, écrit à la crème, et les bougies que tu as soufflées en riant.

À la gare de Lyon, tout le monde se sépare. Une tournée d'une quinzaine de jours à Baden-Baden est déjà prévue à l'automne, dans un théâtre du quartier français, et quelques dates peut-être en Belgique. René et Pastor partent à pied. Violette, Marcelle et Maguy attendent un taxi. Lucien est resté avec Suzy à Marseille où il a de la famille. Cardin et Maryse s'installent à l'hôtel. Ils avaient bien caché leur jeu. De ton côté, tu prends le métro avec Régine qui te quitte à Bonne Nouvelle ; tu descends Porte Champerret et prends l'autobus de Levallois.

Vous faites la paire, Paris et toi, tout chiffonnés et décousus sous le ciel terne et bas de mars. Tu sonnes. Maman est là. Oh ! ma chérie ! Elle se précipite, t'embrasse, une mitraillette de baisers qui remettent tes joues à l'heure de son amour. Tu peux à peine respirer, lui parler – toutes ces histoires que tu as à lui raconter ! Tu ne sais pas par où commencer, alors tu déballes les cadeaux, les fichus, les babouches, le plat doré, les dattes qu'elle réserve pour plus tard parce qu'elle a déjà mangé. Mais toi, ma fille ? Plus tard peut-être, tu n'as pas faim. Et des babioles que tu étales sur la table, une boîte d'allumettes à bouts dorés, un cendrier chipé au Phénix, un plan d'Alger tout froissé, des savonnettes de l'hôtel Marceau encore emballées, les programmes du spectacle, et les cartes postales que tu n'as pas envoyées. Sa main va de l'une à l'autre, les pioches, étonnée de leur nombre, de leur présence, puis elle te regarde comme pour vérifier qu'elles viennent de toi avant de prendre ainsi, au contact de chacune d'elles, la mesure des plaisirs et des jours que tu as vécus loin d'elle. Tu as passé à son cou le châle oriental, elle se tient devant toi dans son éternelle blouse grise, ta maman, et soudain deux choses te frappent, deux vérités. La première c'est que tu ne peux pas vivre sans elle. Tu es de sa chair, de sa vie, de ses joies, de ses malheurs aussi qui sont peut-être ce que vous partagez de plus fort puisque les malheurs lient ceux qui s'aiment plus durablement que les bonheurs, plus secrètement, même au-delà de la mort. Elle est l'unique mère d'une unique enfant, tu sais qu'elle n'en aura pas d'autre, que tu es son seul amour, qu'elle t'a toujours aimée, t'aimera toujours, qu'elle t'aime plus que sa vie, plus que son bonheur. Vivre loin d'elle, ce serait comme vivre sans toi, sans cette partie de toi qui adhère à l'enfance, à cette solitude de l'enfance où tu n'es jamais seule parce que maman est là, même absente. Ce serait quitter la joie des matins tôt levés, du parfum de la chicorée, et, quand elle sort du lit, celle de se couler dans son creux à elle, au chaud. Ce serait renoncer à cette vie tressée de regards, de silence, de mots chéris, les livrer à l'oubli, et elle avec. Ce serait peut-être tout bonnement la tuer, ou du moins la condamner au long dessèchement de l'amour, et toi à une ingratitude telle qu'aucun bonheur ne pourrait venir en effacer l'ombre portée. Qui t'aimerait alors ? Qui te consolerait, te pardonnerait ?

La seconde vérité, c'est que tu ne peux plus vivre avec elle. Plus comme avant, de chair à chair, de vie à vie. Quelque chose de sourd, de glacé, à peine sensible, une sorte de voile flotte entre vous. Tu as dû le rapporter de là-bas avec le ciel, le désert, les montagnes et la mer. Ou bien est-il tissé du velours des théâtres, du tulle des tutus, des broderies des bustiers. Ou brouillé par les regards du public, transpercé de lumière. Cette vérité, si fine soit-elle, t'ouvre en deux. Impossible de faire comme si elle n'existait pas, c'est comme si vous étiez trois dans la même pièce : toi, Cricri et maman. Toi, dans ta jupe plissée, Cricri dans les babouches, les dattes, les cartes postales, et maman qui scrute ces choses et ton visage et ne les reconnaît pas vraiment derrière ce voile qui, pour être transparent et ténu, paraît résistant, impossible à déchirer. Ou peut-être n'est-ce pas toi qui ne peux plus vivre avec elle, mais celle que tu étais avant ton voyage, qui a disparu, mais pas complètement, preuve en est qu'elle parle, rit, gesticule comme l'autre à la demande de maman, qu'elle met tout son cœur à répondre sans y parvenir totalement, si bien que tu ne sais plus sur quel pied danser, avec quel cœur aimer. Lorsqu'elle était loin de toi, penser à maman te procurait une douceur, une intimité que tu ne ressens plus désormais.

Maman a commencé à ranger tes affaires, la lingerie, les chaussons de danse, une robe qu'elle ne connaît pas, offerte par les filles de la troupe, et, au milieu, les photographies prises là-bas qu'elle dépose sur la table avec les autres souvenirs. Sans les regarder.

Tu contemples ce bonheur éparpillé qui signe la fin de l'autre, le vrai, celui de l'enfance si riche en peines, en joies. Lorsqu'elle te demande ce qui te ferait plaisir, le lendemain, comme cadeau d'anniversaire, tu dis : avoir le téléphone à la maison.

Qu'elle demeure au paradis, au purgatoire, dans les enfers, plongée dans les eaux du Léthé ou dans le cœur des vivants, nulle part et partout, au bas d'un mur où poussent les roses trémières, dans une vigne bourdonnante de guêpes ou au détour d'une photo, il est impossible de ne pas croire à l'âme, à l'immortalité de l'âme. Toi, tu n'y croyais pas. Ni à Dieu.

Pour l'âme, cependant, je t'avais prise en défaut.

J'étais arrivé plus tard que d'habitude, en fin d'après-midi, et soit que tu n'eusses pas encore pris tes analgésiques, soit que la maladie, gagnant du terrain, en eût amoindri les effets, ou plus certainement que l'omniprésence de la douleur eût épuisé la résistance que tu mettais à l'endurer, tu souffrais. De tout ton corps, de toute ton âme. Cela, pourtant, ne se voyait pas, ou plutôt, forte comme te l'avait appris ton métier de comédienne de ne laisser paraître aucun signe qui eut pu révéler tes peines au public, moi y compris, je ne remarquais qu'un raidissement prononcé de ton buste. Sans doute, bien que l'ayant noté au fond de moi, ne voulais-je pas le voir, pas voir le calvaire que tu vivais. Je t'avais demandé si tu voulais que j'aille chercher tes comprimés, tes lèvres s'étaient pincées sous un nouvel élancement, mais tu avais refusé. Pas nécessaire, avais-tu répondu. Tu sais, bientôt tout sera terminé ; je ne souffrirai plus.

J'avais aussitôt relevé la phrase. Par jeu, par amour, et parce que soudain, dans ces ténèbres que la maladie refermait sur l'avenir, s'ouvrait une brèche, une lueur. Tu vois que toi aussi tu crois à l'éternité de l'âme ! Bien sûr que tu ne souffriras plus ! Tu avais souri, tendrement prise en flagrant délit, sans toutefois rien ajouter qui eut pu confirmer cette confiance en une vie meilleure dont je venais de soulever le lièvre. De mon côté non plus je n'ajoutai rien, c'eut été réveiller la mort. J'étais juste content que cette pensée t'ait traversée, elle t'habitait peut-être désormais. Allez ! Va plutôt nous déboucher une bouteille. Cela nous changera des tisanes.

Nous avions bu un verre de vin, évoqué des images du passé, essentiellement celles qui concernaient mes enfants, ton bonheur de grand-mère, les journées où tu t'occupais d'eux.

Puis, après un silence assez long où tu semblais non pas réfléchir, mais te perdre : « Il aurait eu trente ans. »

Je vis sur ton visage une longue, une immense peine, ou pire en vérité, son absence imprimée comme si, au fil de ces trente années, tu avais fini par l'user jusqu'à la corde et que, ce qui en restait de cette peine, c'était ce masque à la fois doux et sec d'effarée.

Le temps du conditionnel est un malheur à lui tout seul. Cet « Il aurait eu trente ans », son glas, je vois aussitôt de quelle perte il s'agit, dont nous ne parlions jamais, une fois seulement, il y a longtemps. Ce malheur cependant, je l'avais appris, sans le comprendre tout à fait, par des pleurs.

Tu revenais du théâtre, la lumière s'était allumée dans le couloir et, dans le demi-sommeil où je savais te découvrir, j'avais aperçu ta silhouette passer très vite par l'entrebâillement de la porte. Tu avais gagné la salle de bain, éteint la lumière, et je m'étais rendormi, rassuré. Au bout d'un temps impossible à préciser, très avancé dans la nuit peut-être, je m'étais réveillé. Tu étais là, devant mon lit, debout, dans le noir. Je pouvais sentir le parfum de tes crèmes, mais, à cause sans doute de l'absence de lumière dans le couloir qui accompagnait d'habitude ton entrée, il semblait se diffuser avec moins de chaleur, être troublé par une note aigre, ou plus certainement par un remuement de ton corps dont je devinais qu'il ne se conclurait pas cette fois par un baiser. J'avais refermé les yeux, fait semblant de dormir, non pour sombrer à nouveau dans le sommeil, encore moins pour te duper, mais par une sorte de réflexe commandé par la crainte et la pudeur. Tu pleurais.

Le parfum des larmes m'avait atteint en même temps que tes sanglots d'abord retenus, c'était celui d'un terrible malheur. Allongé sur le dos, je n'osais bouger ni ouvrir les yeux, me disant qu'endormi je servais davantage ton chagrin que réveillé, devinant qu'un seul regard échangé entre nous aurait précipité les pleurs, multiplié le malheur et la peur. L'autre raison de « faire le mort » tenait à la nature de ton chagrin. Quelque chose de grave avait dû se passer, un événement qui avait eu lieu dans le royaume des adultes et qui par conséquent excluait non seulement l'enfant que j'étais, mais mes capacités à le comprendre et plus encore à le consoler. Ma présence, mon corps de fils suffisait. Tu avais relevé le drap dans un sanglot.

Qui t'avait fait du mal ?

Je pensais à mon père, pressentant son ombre par le rappel de disputes que vous pouviez avoir et dont tu ressortais en larmes. Pourtant non, aucune d'entre elles, si forte soit-elle, n'aurait pu te mettre dans cet état. Ces pleurs, c'était tout ton être qui les versait, non plus toi, telle que je te connaissais, vive, courageuse, mais une maman brisée, abandonnée de tous, une maman dont, par les halètements de douleur qu'elle tentait de contenir tant bien que mal, il ne restait que le fantôme appuyé sur mon lit.

Je ne savais pas qu'un fantôme pouvait peser aussi lourd. J'étais la seule personne près de laquelle tu venais souffrir. Dans le lit à côté du mien, ma petite sœur dormait à poings fermés, mais tu n'étais pas allée la voir. Que la cause de ta souffrance demeure un mystère, m'incluant en lui, l'approfondissait tout en me prouvant combien j'étais précieux à tes yeux. Si tu ne m'en confiais pas les raisons – et sans doute, ouvrant les yeux, si je t'avais demandé ce que tu avais, tu n'aurais rien répondu –, les confidences de tes sanglots valaient aux miens plus que les mots que tu aurais pu dire, de sorte que l'espèce d'effroi et d'incompréhension qu'ils provoquaient en moi, au lieu de me torturer comme elle aurait pu le faire, s'était changée en joie. Dans la nuit, là, près de moi, brisée, tu m'appartenais.

Tes pleurs s'espaçaient. Tu allais te retirer. Alors, comme tu passais la main sur mon front, je décidai d'ouvrir les yeux, feignant un demi-sommeil, pour te regarder. L'obscurité m'empêcha de voir ton visage. À la place, ces quelques mots étranglés : « Dors, mon chéri, dors, il est tard. » Inondée des larmes dont l'haleine chaude ne pouvait plus me bercer, tu avais renoncé à m'accorder un baiser, quitté le lit, la chambre, rejoint la nuit d'où tu étais venue.

Le lendemain, j'avais remarqué la banquette du salon au couvre-lit défait. Elle devait le rester plusieurs jours d'affilée. Du mystère des larmes, pas un mot. Quelques cernes sous les yeux, et un silence étroit entre toi et papa.

Ce n'est que beaucoup plus tard, à l'âge adulte, qu'incidemment, tu m'as raconté le tournage d'un film durant lequel, entre deux prises de vue pénibles jouées avec des sortes de voyous devenus par la suite célèbres, tu avais appris être enceinte. Tu m'avais alors avoué avoir perdu l'enfant, un garçon, mon frère, sans préciser de quelle façon, doublant aussitôt ce secret d'un nouveau où il était difficile par ta manière de présenter les choses de démêler une fausse couche d'un avortement. Toutefois, à l'émotion que cet aveu avait déclenchée, la seconde explication paraissait plus vraisemblable.

Sur le moment, je n'avais pas rapproché les deux événements, d'une part parce qu'ils se trouvaient espacés dans le temps, mais surtout pour une autre raison qui m'interdisait de les juxtaposer, une raison de nature morale peut-être qui, plus ou moins consciemment, m'interdisait de faire tenir en un même lien de cause à effet la réalité d'un avortement avec le mystère des larmes.

Le regard dans le vide, tu semblais encore habiter ce deuil. Sans doute à l'approche de la mort tes pensées allaient-elles vers lui, vers ce qu'il aurait pu devenir, être ou ne pas être. Peu t'importait de croire en une âme éternelle, ton chagrin te suffisait en guise d'éternité.

Durant les dix dernières années, tu avais accumulé les maladies et les malchances. Un soir, sortant du spectacle, tu étais tombée devant le théâtre, te cassant l'épaule, et à la représentation du lendemain il avait fallu ajouter une ou deux répliques pour justifier ton bras bandé. Je ne comprenais pas un tel martyre. Cela me dépassait. Pourquoi le malheur te poursuivait-il année après année ? Pourquoi ne te laissait-il aucun répit ? Ou peut-être les comédiens, par nature exposés aux drames, devaient-ils plus que d'autres porter ce poids d'épreuves ?

Mon père non plus ne croyait pas en Dieu. L'existence était absurde. Le mieux était de mourir sur scène.

Nous avions terminé notre verre de vin. Un peu de rose t'était monté aux joues. Tu m'avais demandé pour le lendemain d'acheter un pack d'eau. Il ne t'en restait plus. Le fantôme de ton enfant perdu avait quitté tes yeux.

Je me tenais dans l'entrée, devant la porte ouverte. Nous nous étions embrassés. Non, maman, je n'oublierai pas l'eau. Une lumière jaune tombait du lustre. Je n'aimais pas cet appartement. Sur le seuil, dans l'encadrement de la porte, tu avais levé la main pour me dire au revoir. Tu habitais ton chagrin.

Régine la brune, Cricri la blonde, tout sourire sur les photographies que vous êtes allées faire rue de Passy au studio Roger Carlet, en gros plan ou en pied, vêtues de longues robes, en bustier de soie révélant vos épaules, chaussées de mules dorées à talons, semblables à deux nymphes non pas sorties de l'eau mais de la lumière des projecteurs qui fait scintiller vos yeux, vos lèvres et dénude votre gorge, deux sœurs ingénues s'apprêtant à se jeter sur scène.

C'est Régine qui en a eu l'idée. En revenant de Baden-Baden – où le spectacle a été un franc succès auprès des soldats, officiers, ambassadeurs qui devaient s'ennuyer comme des rats morts dans leurs casernes si bien qu'ils n'arrêtaient pas d'applaudir et de rire au point qu'on ne pouvait plus en placer une – tu as dégoté grâce à monsieur Bianco un petit rôle, un peu plus qu'une panouille, deux répliques dans un film, celles de la femme d'un mauvais garçon. Tu n'as que quinze ans, mais avec le maquillage, la robe et le chapeau à plumes, on t'en donne dix de plus. Le tournage avait rapporté en deux jours ce que ta mère gagne en deux semaines. Puis plus rien. Aucun contrat à l'horizon. Tu as appelé Cardin, René et Pastor qui a repris son numéro de magie à l'Alhambra et connaît bien le directeur, monsieur Beauvais. Mais il n'y a rien pour toi. Alors tu tournes en rond, penses reprendre des cours avec Mme Safronova, trouver un agent peut-être, mais maman te conseille de patienter. Tu es une danseuse exceptionnelle, il suffit de croire dans ta bonne étoile.

Régine, que tu appelles au téléphone chaque jour, est dans la même situation. Les troupes sont au complet pour la saison de printemps. Attendre celle d'automne, merci bien, tout le monde vous aura oubliées. Le mieux serait de monter un numéro à vous, dans des cabarets : ce n'est pas ce qui manque à Paris, rive droite plutôt, celle où l'on s'amuse. La rive gauche ne propose que du sérieux, du jazz et des poètes. La poésie, vous ne sauriez en dire ni en chanter même si elle est tout entière dans votre corps lorsqu'il danse, prend la lumière et la renvoie en mille éclats de paillettes. Deux trois chansons, un petit sketch humoristique où l'on se moquerait des hommes, un numéro de claquettes peut-être, et le tour serait joué. Quinze à vingt minutes légères, car on n'en demande pas plus au music-hall, sauf à être une vedette, ce que vous n'êtes pas, du moins pas encore.

Le nom du duo, après vous être creusé la cervelle, Régine le trouve en écoutant un disque des Andrews Sisters qu'elle vient d'acheter. Les Sœurs Normand. Son nom à elle. Très français, qui en impose, et qu'on retient aussitôt. Le tien sonne trop allemand. Va pour les Sœurs Normand. Maman approuve même si elle est contrariée que Régine tire un peu trop la couverture à elle. Mais cela fait sérieux, comme un duo qui existerait de longue date. Et puis avoir une sœur te ravit. Peu importe qu'elle tienne dans un nom imprimé au bas d'une photographie, ou le temps d'un spectacle.

Quand tu as revu Madeleine, Pépette et Pierrot pour leur offrir leur cadeau, vous n'avez pas ri et plaisanté comme avant, sauf avec Pierrot peut-être. Tu n'as pas compris si c'était à cause des cadeaux, qui ne leur plaisaient pas, ou des six mois pendant lesquels tu avais été absente, des pays lointains traversés, ou du métier que tu faisais à présent, du film dans lequel tu allais tourner, une sorte de gêne s'était installée entre vous, petite, dérangeante, un peu comme une bise ratée quand la joue se retire avant qu'on ait pu l'embrasser. Madeleine te regardait en coin et Pépette se retenait de sourire.

Elles t'avaient trouvée belle et grandie, mais ça sonnait comme un reproche. Pierrot avait proposé d'aller danser un soir à la guinguette d'Orgemont et cela avait jeté un froid. Il travaillait maintenant aux usines Citron, comme il disait, en tant qu'apprenti, et espérait passer à la mécanique, puis OS. Les mains dans les poches de ses pantalons, il ressemblait à un homme.

Lorsque tu vois pour la première fois votre photo épinglée près des autres à l'entrée du Tire-Bouchon, tu es aux anges. La salle est toute petite, basse de plafond, et vous dansez collées aux clients au point qu'un soir ta jambe est allée renverser une table avec les consommations dessus, ce qui a fait bien rire tout le monde. Les gens vous regardent, vous admirent et applaudissent à la chanson qui termine votre numéro : *Le Temps des cerises*, qu'ils écoutent religieusement, « Quand nous chanterons le temps de cerises / Et gais rossignols et merles moqueurs / Seront tous en fête », que tu n'aimes pas trop, mais que Régine chante très bien dans un genre nostalgique qui lui convient. Les gens viennent au Tire-Bouchon boire un verre, se retrouver, casser une graine à Montmartre qui est un village de campagne. L'herbe pousse où elle veut, le vent vous gifle par surprise, chargé d'odeurs de terre, les rues débouchent sur le ciel, la nuit a oublié la ville, vous y montez en faisant attention de ne pas vous tordre une cheville sur les pavés, il ne manquerait plus que cela, car ce n'est pas avec le cachet du Tire-Bouchon que vous ferez fortune. Après votre numéro, vous filez au Lapin Agile, tout aussi encombré, enfumé, mais avec un meilleur pianiste.

Les pianistes sont des garçons qui boivent comme des trous et fument des cigarettes américaines. Celui du Lapin te fait du gringue, des yeux doux dont tu aimerais ne pas te méfier. Garder les hommes à distance n'est pas une mince affaire, il faut retenir ses sourires, faire celle qui ne comprend pas, renoncer au verre qu'on vous offre, accepter tout au plus une cigarette pour la bonne odeur de tabac qui s'en élève et fait un peu tourner la tête. Charles te l'allume, te la donne, retourne au clavier de son piano. Il prétend que tu fumes comme Rita Hayworth dans *Gilda*, mais tu ne connais pas ce film. Le dernier que tu as vu avec maman, c'est *Dédée d'Anvers* avec Simone Signoret, une histoire d'amour qui finit mal. L'actrice est d'une beauté renversante. L'amoureux, un bel Italien, se fait tuer par le proxénète de Dédée. Maman était sortie du cinéma les yeux gonflés.

À la suite du Lapin Agile, vous retournez place du Tertre pour vous rendre Chez Ma Cousine, dans la même rue que le Tire-Bouchon. Il est dix heures passées, vous en avez plein les bottes. Vous passez entre un ventriloque et un travesti, dans un renfoncement au bout de la salle, devant un rideau rouge éclairé d'un projecteur dont la lumière vous aveugle. Le ventriloque tient une poupée en bois hideuse qu'il appelle Toto et dont la mâchoire claque quand elle parle. Il lui pose des questions stupides auxquelles Toto répond de mauvaise humeur. La poupée a une tête d'assassin surmontée d'un chapeau informe. Les lèvres du ventriloque remuent à peine et le son de sa voix déformée sort on ne sait d'où. C'est effrayant et les clients rient à gorge déployée. Puis le ventriloque va boire un verre au bar avec Toto qui le traite d'alcoolique. On dirait deux frères siamois soudés sur le côté.

Le numéro du travesti est plus raffiné. Régine et toi restez toujours pour y assister. Claude pourrait être une fille : un visage fin, aux traits délicats, maquillés comme avant-guerre, coiffé à la garçonne, cheveux couleur aile de corbeau. Il avance entre les tables, vêtu d'une robe fourreau noire, un fume-cigarette à la main. Ce qui t'attire chez lui, c'est sa voix à la fois douce et grave, aux inflexions sensuelles qu'il lâche du bout des lèvres pour saluer les convives. Il vient s'asseoir sur un tabouret de bar, croise les jambes, parcourt l'assistance d'un regard étonné, demande du feu qu'un client, toujours, vient lui donner. Il fume ainsi quelques secondes, raconte les cabarets où il s'est produit à travers le monde, Berlin, Londres, et New York où Maurice Chevalier est tombé amoureux de lui, ils ont failli se marier, c'était à deux doigts « Vous n'êtes pas obligés de me croire, mes chéris ». Alors, d'un geste désinvolte, il fait signe au pianiste de jouer et il se met à chanter *Lili Marlene* en allemand.

Claude habite derrière la place Clichy. Tu l'accompagnes parfois avant de prendre un taxi pour rentrer à Levallois. Il a remis ses vêtements d'homme, garde son maquillage. Lorsque quelqu'un vous dévisage, il dit que c'est parce que tu es très belle. Aux garçons qui l'accostent, il répond qu'il est trop cher pour eux. Vous vous séparez devant le Wepler dont il regarde les baies vitrées comme s'il allait y découvrir un ami attablé. S'il n'était pas de la jaquette, comme dit Régine, s'il te proposait de venir chez lui, tu pourrais tomber amoureuse de lui. Mais avec des si on mettrait Maurice Chevalier en bouteille.

Quand tu arrives à la maison, maman est au lit depuis longtemps. Tu te démaquilles, te débarbouilles, te sers un verre de lait dans lequel tu trempes une biscotte ou deux pour t'endormir plus facilement. Les images défilent dans ton esprit. Elles cousent ensemble le passé, l'avenir, les désirs et les peurs. Tu as déposé ta photo chez un agent célèbre, un cliché pris dans le studio Harcourt au dos duquel tu as inscrit ton adresse, ton numéro de téléphone, ta date de naissance, le numéro de ton passeport et le nom des cabarets où tu passes.

Tu y portes une robe en coton blanc écru ras-du-cou qui met en valeur ta poitrine et un pendentif discret en forme de cœur. Tu es très jolie sur cette photo. Et coiffée à merveille. L'agent y sera certainement sensible. S'il la regarde.

Maman se retourne dans son lit. Tu ne sais pas si elle dort vraiment. Tu la suspectes de t'attendre chaque nuit. Quand tu lui demandes si c'est le cas, elle nie farouchement. Eh, ma fille, ne va pas te croire le centre du monde ! Mais tu vois bien à ses joues pâles qu'elle manque de sommeil, la pauvrette. Tu t'en veux de lui brouiller le sommeil, mais comment faire autrement. Le matin, c'est à peine si tu l'entends se lever. Il fait encore nuit. Un rai de lumière sous la porte, de l'eau qui coule dans l'évier, et tu te rendors. Tu ne la vois pas de la journée et le soir vous vous croisez une petite heure. Tu lui prépares à dîner, sauf les jours où une audition te retient à Paris. Il n'y a que le dimanche où vous vous retrouvez comme avant.

Dimanche dernier vous êtes allées avec Pierrot au salon de l'Automobile que le président Auriol a inauguré au Grand Palais. Une foule compacte se pressait autour du nouveau modèle des usines Citroën, la 2 CV. Pierrot en a fait l'éloge comme si c'était lui qui l'avait construite : traction avant, consommation de quatre à cinq litres maximum au cent kilomètres, vitesse de soixante kilomètres à l'heure en pointe, capote amovible, suspension à bras tirés et ressorts hélicoïdaux, et un moteur increvable. Quatre roues sous un parapluie, c'est pourtant à quoi elle ressemble ta voiture, mon Pierrot. Mais lui n'en démord pas, la Deuche est la meilleure voiture du monde, et dès qu'il aura de quoi, une fois passé le permis, c'est elle qu'il se payera. Oui, tu verras qu'on en vendra des milliers. Tu aimes Pierrot pour ses naïvetés, sa façon de ne pas chercher midi à quatorze heures, même quand il se trompe, ou que la solitude le change en vieux garçon de dix-sept ans. Maman lève les yeux au ciel. À cause des grandes grèves qui viennent de finir – et il y a eu des blessés partout en France, des morts même –, des salaires sérieusement réduits, sans compter le franc qui dévalue tous les six mois. Alors une automobile… Malgré la chaleur de septembre, elle porte son long manteau d'hiver. Quand tu lui as proposé de lui en offrir un nouveau, elle a refusé. L'argent que tu gagnes, on ne doit pas y toucher. Inutile de revenir là-dessus. Tu n'as pas insisté. C'est sa manière de te garder près d'elle. De te protéger. On ne sait jamais ce que l'avenir nous réserve. Elle a connu deux guerres. Toi, tu l'as oubliée, la guerre. Presque en entier.

Aux Trois Baudets, sur le boulevard de Clichy, c'est la fête tous les soirs. Les Sœurs Normand ont peaufiné leur numéro, abandonné leurs longues robes pour des tenues de vamps, et elles se taillent un joli succès. L'Amérique a envahi les cabarets de la rive droite. Aux Trois Baudets, sur une vraie scène, devant des spectateurs assis dans des fauteuils, les « Pinsons », habillés en cow-boys, beuglent un « Yankee Doodle » dans un charabia hilarant.

Grâce à Charles, vous avez eu l'idée de reprendre la chanson du film *Gilda*, *Put the Blame on Mame*, dont, mis à part le titre que le pianiste t'a traduit, tu ne comprends pas un traître mot, ni de quoi on blâme cette maman. Si tu devais reprocher quelque chose à la tienne, ce serait de refuser de se faire des amis, de se comporter comme si le bonheur n'était pas fait pour elle, sous prétexte que l'amour de sa fille lui suffit. Mais peut-on blâmer sa mère de vous aimer ?

Le jour de l'an, elle était restée seule à la maison. Tu avais passé le réveillon en compagnie de Régine et de Charles à l'Embassy, rue Fontaine, qui, ainsi que l'annonçait le carton d'invitation, proposait de vingt-deux heures à l'aube sa nouvelle formule paradisiaque, existentialiste et rabelaisienne, ses fantaisistes, ses ballets nus et les California Girls parmi lesquelles dansaient maintenant Maguy et Maryse. Après leur numéro, vous aviez évoqué la tournée des *Paris Follie's* qui t'avait parue à la fois lointaine et proche, datant d'une autre époque de ta vie, une époque où maman te manquait si fort que penser à elle était ton refuge, quand vivre à ses côtés semble désormais t'éloigner d'elle. Tu ne saurais dire qui a changé, toi, ou elle, ou les deux. Ou la vie.

Put the Blame on Mame, boy! Cela marchait à tous les coups. La mélodie, le rythme entraînant, les longs gants de satin noir dont vous dénudez vos bras pour les faire tournoyer, la tête qu'on penche d'un côté et de l'autre, la mèche de cheveux qu'on rejette comme un défi, la jambe qu'on lance en avant et les déhanchements du corps, les spectateurs en étaient fous. Peu importe que vous ayez chipé la chanson. De toute manière, les gens n'y connaissent rien. Le directeur de l'ABC, à qui vous proposez le numéro, a bien un peu tiqué, avant de vous engager pour un mois. Les plus grands sont passés à l'ABC, Piaf, Trenet, Ray Ventura, Tino Rossi. Ce n'est bien sûr qu'un bouche-trou de première partie, et vous avez tout juste le temps de cavaler des Trois Baudets à l'ABC en prenant le métro à Pigalle pour descendre à Notre-Dame-de-Lorette puis à pied jusqu'au boulevard Poissonnière, mais le contrat vous permet de vous passer du Tire-Bouchon. Maman t'a félicitée, mais elle n'ira pas te voir. Ni les autres. Pour le salon de l'auto, tout le monde est partant, mais pour me voir, il n'y a plus personne ? Mais non, ma fille, ne le prends pas mal, c'est autre chose, voyons. Une autre chose que tu n'arrives pas à t'expliquer. Peut-être est-ce à cause du film que tu as tourné et que vous êtes allés voir ensemble, un rôle de cocotte emplumée qui tourne la tête fébrilement. Te voir à l'écran t'avait mise mal à l'aise. À la sortie, tes tantes n'avaient fait aucun commentaire. Maman t'avait à peine reconnue, soi-disant. Seul Pierrot avait jugé que tu crevais l'écran.

Lorsque tu vois *Un jour à New York*, c'est un éblouissement. Un éblouissement de couleurs, de danses, de chants, de fantaisie et de quelque chose d'autre de plus secret, intime, un rythme, un battement qui va de la trépidation frénétique à la lenteur des sanglots, le battement de la vie transposé en des images, une chorégraphie, un visage. Gene Kelly, beau comme un dieu, se déplace dans l'espace comme si rien ne pouvait freiner sa joie, que tout son corps devait en exprimer le déploiement libre, viril, insouciant. Régine, elle, préfère Frank Sinatra, nerveux, gouailleur, séduisant, tout ce qu'elle aime chez les hommes. Trois marins à New York en quête d'amour et d'aventures.

Pour vous, ce sera Bruxelles. La Belgique a fait peau neuve. Une salle tendue de velours rouge, décorée de fresques représentant l'histoire du pays, des dizaines de tables en bois blanc alignées, des serveuses et serveurs vêtus de noir et de tablier blanc, plus de mille spectateurs chaque jour, une grande scène et l'orchestre de Luc Delys. Bruxelles est une sorte de petit Paris provincial de bric et de broc, frileux au-dehors, chaleureux au-dedans, gai et sérieux, une ville où l'on se perd d'abord dans des rues aux pavés disjoints qui sentent la frite et le lilas. Le spectacle a lieu en matinée et le samedi en soirée, une véritable féérie en deux parties avec entracte, une première pour chauffer la salle, pour la seconde quelques chanteurs suivis du tour de chant de la vedette. Vous passez après Martinelli et Partner, des équilibristes qui avancent sur un fil de fer, l'un sur l'autre ou tous deux sur un vélo à une roue, qui se mettent à jongler avec ce qui leur reste de bras. Avant eux, Janet et Groot, des trapézistes en collant blanc, se balancent à quatre mètres du sol, volent, se jettent, se rattrapent, et soudain, roulement de tambour, silence, double salto arrière : on attend qu'ils se cassent la margoulette, mais non, main dans la main, ils descendent et saluent. Comme votre numéro est musical et féminin, les spectateurs reposent leur verre pour mieux y assister.

Pour quinze minutes de spectacle, c'est dès le réveil que le trac te saisit. Un trac comme rarement tu as eu, à cause de la scène plus grande, des clients plus nombreux, de l'orchestre qui joue plus fort. Il faut alors lancer sa voix, qu'elle passe cette rampe de cuivres et de percussions, atteigne le fond de la salle. Assez vite les gens se remettent à boire, à discuter, les premières tables applaudissent, puis vient le tour de Yana Gani, une artiste indochinoise qui, d'une voix aiguë à vous agacer les gencives, chante *Les Nuits de Singapour, Rose de Chine* et *Saïgon* en roulant les R. De son vrai nom Ganivet, Yana a la langue bien pendue. Vous partagez la loge où elle fume comme un pompier, se maquille et se coiffe pendant des heures en débinant Bruxelles, ses fricandelles et sa bière, ses hommes épais et hilares ; pour elle rien n'existe que Paris, boire un verre de vin blanc à la terrasse du Flore ou dans une cave de Saint-Germain-des-Prés, et tomber amoureuse d'un guitariste ou d'un poète.

Elle vous emmène à dîner dans le restaurant d'une Chinoise, au fond d'une cour, où l'on prépare une cuisine qui te plaît aussitôt. Quand tu lui avoues que tu n'as jamais traversé la Seine, elle ouvre de grands yeux et éclate d'un rire à briser les verres alentour.

Bruxelles, sans que tu saches pourquoi, te rend triste. À cause du peu de bleu au ciel peut-être, du peu de printemps aux arbres, des longues soirées. Maman te manque. Ton cœur doit être mal fagoté. Près d'elle tu t'agaces, loin d'elle tu flanches. Comme si vous ne pouviez être pleinement ensemble que séparées.

Tu éprouves moins de plaisir à monter sur scène. Les mêmes chansons, les mêmes gestes répétés, les mêmes gens qui applaudissent un numéro qui te paraît de plus en plus médiocre, incolore. Tu vois à son air perpétuellement enthousiaste que Régine pense la même chose. Les Sœurs Normand ont du plomb dans l'aile. Au music-hall, la joie de vivre sans plaisir devient vite un fardeau. La fantaisie une grimace.

Trop occupée à passer tes soirées avec Yana à fumer des cigarettes blondes et à boire du saké, tu ne l'as pas vu venir. Régine a décidé d'arrêter les Sœurs Normand. Votre numéro n'amuse que de vieux messieurs, et pour des cachets de misère. À vingt ans, on ne peut pas dire que ce soit folichon. Mieux vaut mener sa barque chacune de son côté, d'ailleurs tu es meilleure danseuse qu'elle, tu trouveras vite. Elle, elle entrevoit une carrière de chanteuse, avec de vrais textes à la Piaf, ou jazz genre rive gauche. Et puis elle est amoureuse de Rexis, le clown musical qui clôt la première partie du spectacle. Il sait jouer de tous les instruments, faire rire avec trois fois rien, attendrir avec encore moins, elle en particulier. Bien entendu ce n'est pas Frank Sinatra, mais bon, les chics types ne courent pas les rues à Paris, Bruxelles ou New York. À la fin du contrat, elle part avec lui, en Italie d'abord et après on verra.

Tu en restes comme deux ronds de flan, et les yeux mouillés. Maman t'avait pourtant prévenue. Les vrais amis se comptent sur les doigts d'une main. Régine a toujours su ce qu'elle voulait. Même si Rexis, derrière son nez rouge et le fard blanc de ses joues, te semble plus un mauvais garçon qu'un chic type. Tu n'as jamais aimé les clowns. Trop tristes, trop grimaçants. Yana partage ce sentiment. Entre deux cigarettes, dans le train qui vous ramène à Paris, elle te confie un secret. Si elle avait la chance d'avoir à nouveau tes dix-huit ans, elle abandonnerait illico presto le music-hall pour tenter l'amour d'un bel homme, riche de préférence. Le music-hall n'a pas d'avenir, alors que l'amour !

Dans un train, on est toujours seule. Au quatrième saké, Yana s'endort comme un bébé. Aimer, tu y penses chaque jour, chaque nuit. C'est comme une déchirure, le poids d'un vide qui oppresse. Un désir, une volonté et un effroi. Les amourettes que tu as eues, tu les comptes sur les doigts d'un seul cœur. Mais elles ne comptent pas. D'ailleurs le cœur n'a pas de doigts. Mais avec quoi l'amour vous touche-t-il alors ? Ce que parfois tu peux être bête ! C'est sûrement le saké de Yana qui te monte à la tête.

Ce sont les premières vacances que vous passez ensemble. Vous avez dû vous mettre à deux Pierrot et toi pour la convaincre. À Houlgate, le vent et la mer savent y faire pour accueillir les Parisiens, fouetter leur visage d'embruns jusqu'à leur faire tourner la tête, et les mouettes sur les vagues vous offrir un parterre de fleurs en guise de bienvenue. L'hôtel a des airs de paquebot échoué, de grandes chambres donnant sur la mer, une salle de restaurant qui date d'avant-guerre. Des couples, des familles y déjeunent et dînent toujours aux mêmes tables nappées de blanc. Vous avez pris pension complète, celle qui ne donne pas droit à la carte, mais à des menus simples. À marée basse, vous vous promenez sur la plage du côté de Villers où se dressent les hautes falaises qu'on nomme ici les Vaches noires, sans doute à cause de la glaise et des buissons d'ajoncs qui moutonnent sur leurs flancs. De l'autre côté, on traverse une rivière pour se rendre au village de Dives plus animé qu'Houlgate avec son port de pêche où accostent de lourds chalutiers couronnés du vol blanc des mouettes.

Ce que tu préfères, c'est te baigner, te jeter dans les vagues, te laisser entraîner par le courant et nager. L'eau salée porte mieux que l'eau douce de la Seine. On y flotte comme un bouchon et, d'un coup de langue, tu goûtes l'écume déposée sur tes lèvres. Nager chasse les soucis, dissout les mauvaises pensées, tu peux rester une heure dans la mer. Maman t'attend assise sur la plage sous un large chapeau, emmitouflée de la tête aux pieds, car, depuis la guerre, elle a toujours froid. Tu sors de l'eau, la rejoins dans ton maillot une pièce moulant ton corps, les hommes te suivent du regard, elle leur lance un œil noir, tu t'allonges sur la serviette et te sèches au soleil. Le regard des hommes, tu as appris à l'ignorer. Ta mère, elle, ne le supporte pas. Peut-être est-ce la raison pour laquelle elle n'est jamais venue te voir. C'est la veuve d'un mari qu'elle n'a jamais eu et dont le fantôme est toujours en vie.

Hier, au minigolf de la plage, une fillette était accompagnée d'une domestique qui, assise sur une chaise, lisait sans s'occuper d'elle. La petite poussait la balle du bout de son club d'enfant comme une chose morte, sans viser, sans jouer, d'un bout à l'autre du parcours, sans se lasser. Des enfants attendaient qu'elle finisse, mais elle recommençait, insensible et perdue sur ce bout de béton rose, seule sous le ciel, devant le grand hôtel, oubliée de tous, y compris d'elle. Ton cœur soudain s'était serré, tu avais détourné les yeux ; c'était toi, cette enfant, c'était, déposée sur un terrain de jeu où l'on n'a plus le cœur à jouer, cette part en toi de solitude qui demeure perpétuellement. Un puits sans fond.

Tu bronzes au soleil de Normandie et l'image de la fillette te revient, sa brûlure. Tu voudrais pouvoir quitter maman, t'installer quelque part à Paris, sur la butte peut-être où les loyers sont bon marché, avec Pierrot qui n'est pas contre même si c'est loin des usines Citroën. Tu as prévu de lui en parler pendant le séjour, mais tu ne trouves pas le bon moment. Tu sais ce qu'elle va dire : l'argent dépensé en pure perte, les margoulins qui vous demandent trois mois d'avance et vous expulsent au moindre impayé. La proie pour l'ombre quand on a un chez-soi bien à soi, aux loyers bloqués par l'état. Mais ce chez-toi ne l'est plus comme avant, et de moins en moins au fil des mois. C'est un appel qui te pousse à partir, t'attire hors du berceau, vers l'inconnu, loin de la rengaine de la rue Paul-Vaillant-Couturier, de la maison aux pièces étroites, de ses meubles n'habitant que le passé. Quelque chose est mort ; une autre chose s'apprête à naître, sans que tu saches quoi, mais tu le sais.

Regagner l'horizon à la nage, ne plus penser, plonger peut-être au fond des eaux, puis revenir vers le rivage. Le soir, le soleil s'incline vers la mer, tu le contemples, depuis la salle du restaurant, qui s'enfonce lentement à l'heure du dessert, orange et lourd, s'aplatissant. Un jus de ciel rose souligne sa disparition, un point au loin, une lampe encore allumée, et la nuit soudain éclairée de bleu.

Tu quittes Houlgate sans rien dire de ce malheur qui tait son nom. Ta liberté, tu la gagnes par la force des choses, par bribes, de rencontre en rencontre, de cabaret en cabaret. Le music-hall est un métier de chrysalide.

Près de la place de l'Étoile, la Villa d'Este cherche des danseuses pour ses dîners-spectacles. Tu as eu le tuyau par Charles dont la Caravelle, le restaurant qui jouxte le cabaret, est un repère du Tout-Paris, aristos et gros bourgeois, vedettes montantes et descendantes, demi-mondaines et millionnaires. On y apprend qui couche avec qui, les spectacles à venir, et les soirées privées où proposer ses talents de pianiste. Avant la guerre, la Villa d'Este accueillait des musiciens de jazz américains, des danseuses noires. Charles se rappelle y avoir entendu Django Reinhardt. Maintenant les paillettes sont de rigueur, et de la gaieté à la chaîne jusqu'à des deux heures du matin. Pour mettre toutes les chances de ton côté, tu as décoloré tes cheveux en blond platine, mis un Rimmel discret sur tes cils et un rouge baiser aux lèvres. Deux jours après ton audition, tu es engagée avec sept autres.

Qui peut dire si c'est lui qui t'a remarquée le premier, ou toi qui as fait semblant de ne pas le voir ? Les hommes qui t'examinent de haut en bas, il y en a par-dessus les toits, des verts et des trop mûrs, des lubriques et des endormis, des pour la vie et des d'un soir, mais lui, ce n'est pas pareil. À cause d'un éclat dans son regard, une lueur amusée, étonnée et qui retient son clin d'œil, le réserve pour plus tard comme s'il y avait trop de monde autour de vous et que décidément tu étais trop jolie. Il faut dire que le costume que tu portes au premier tableau te va à ravir, un justaucorps de soldat d'opérette, aux épaulettes et boutons dorés, laissant les jambes nues, un bicorne et des chaussures à talon haut. Les autres costumes sont plus classiques : un déshabillé blanc serré à la taille qui te boudine un peu et derrière lequel pend une traîne froufroutante, et l'autre, la panoplie complète du french cancan qui clôt en beauté la revue. Après cela, il n'y a plus qu'à aller se coucher. Seule, évidemment. Rue Paul-Vaillant-Couturier. Toujours.

Ils sont quatre à avoir créé le Club des Fantaisistes. Champi, Meyran, Dally, et Eddy, le plus jeune. Un peu rond de taille et de bouille, mais élégant. L'œil pétillant, rien de vulgaire. Et de l'humour à revendre. Leur spectacle a pour titre *6 et bons*, deux heures de blagues, de rires, de chansons, avec l'orchestre de Paul Mattei. Une chanteuse leur prête main-forte, une grande fille blonde qui a chanté à Milord l'Arsouille, à ce qu'elle prétend, qui se fait appeler Hélène Robertson. C'est une suite de tableaux sans queue ni tête, des passages de Cyrano et de Faust chantés sur des airs de Trenet, des sketches politiques, scientifiques et loufoques. Champi raconte des histoires, Meyran fait l'imbécile, Dally le mime, Eddy chante. Sa voix est douce et timbrée, tout en variations changeantes, amusantes, séduisantes. Il a obtenu le prix Maurice Chevalier avec *Pic-Pic le campeur* qu'il interprète vêtu d'un bermuda et d'une chemise à carreaux. On jurerait voir un gosse s'apprêtant à faire des bêtises. Quand Hélène, qui s'appelle Robertson comme toi Doris Day, le prend par le bras pour leurs duos, cela t'agace au plus haut point. Qu'elle chante comme une cruche, passe encore, mais ces minauderies te tapent sur le système. Les filles, Gaby Basset, Christiane Ravy et Claudette Donald, sont d'accord avec toi, on a envie de l'étrangler. Gaby a une taille de guêpe, de petits seins et des jambes qui n'en finissent pas. Chez elle on sent tout de suite la bonne copine. Elle habite du côté de Ménilmontant avec Claudette dont les joues rondes et le teint rose donnent envie de l'embrasser. Christiane est la plus gouailleuse, toujours à vouloir se faire remarquer, et une toison de mérinos sur la tête.

Les loges de la Villa d'Este sont minuscules et surchauffées. Tu croises Eddy dans les couloirs. Il flirte avec toi, sourit, entre en scène. Tu ne sais pas s'il est avec la Robertson ou non. Après le spectacle, il va chanter à La Tomate, rue Notre-Dame-de-Lorette. Il t'a invitée à venir avec lui, mais tu as refusé. Son joli sourire est resté suspendu à ses lèvres.

À minuit, les Champs-Élysées ressemblent à ton cœur déserté. Tu n'as pas envie de rentrer, tu descends l'avenue, passes devant le Tyrol, un cabaret de fantaisistes de tout poil, puis, plus loin, devant le Lido où Margaret Kelly vient d'entrer avec sa compagnie de danse, les Bluebell Girls, où les filles mesurent au minimum un mètre soixante-quinze avec des jambes longues comme un boulevard. Tu remontes par la rue Balzac et regagnes la Caravelle, et Charles qui n'aime que les jeunes garçons. Et le champagne. Cela tombe bien, du champagne il y en a à gogo grâce au shah qui commence sa tournée des grands ducs. Un chat qui boit du champagne ? Un chat botté, alors. Cela le fait rire. Non, ce shah-ci est d'Iran, un genre de roi bourré aux as, c'est le play-boy à la grande table, là-bas, très brun, en costume croisé prince de Galles, pas pour un sou son type, à Charles. Mais pour le Dom Pérignon, il ne dit pas gnon. Des jeux de mots, tu en entends toute la soirée, mais celui-ci te fait pouffer. Le vin te monte doucement à la tête. Tu en oublierais presque tes chagrins.

Depuis quelques soirs, Eddy en fait partie. En vedette américaine, pour ainsi dire. Charles, qui connaît tout le monde, en a bien sûr entendu parler. Eddy est le dernier rejeton d'une famille qui sévit dans le monde du spectacle depuis des décennies. Sa grand-mère a créé le Bataclan. Pas besoin pour lui de se faire un nom, ou dans la chanson alors. Charles l'a vu à l'affiche avec les Sœurs Étienne et Dario Moreno, et dans deux ou trois opérettes. À l'Olympia, en compagnie de Yana Gani, l'Indochinoise. Et, tiens ! à la soirée d'élection de Miss Seine, au premier étage de la tour Eiffel. La cérémonie valait son pesant de petits fours et de célébrités avec le vieux Vincent Scotto pour *Violettes impériales*. Quelqu'un avait chanté *Prosper, yop la boum* en son honneur. Eddy peut-être. Pourquoi tu demandes ?

Charles sourit en douce. Le vin pétille dans vos coupes. Dom Pérignon, on lui doit une fière chandelle d'avoir inventé le champagne. Et par hasard, figure-toi. Il n'y a pas de hasard, seulement des rendez-vous, comme dit le poète. À tes amours, ma belle !

Parmi le public, rue de la Gaêté, à la première de l'*Opéra de quat'fous* au Casino Montparnasse, parmi les journalistes, les comédiens, les amis, et quelques ennemis, il y a ta mère avec Pierrot. Sur l'affiche, on peut lire « Loufoquerie inachevée en deux actes. Entrée interdite aux moins de trois ans. » Tu as signé les cartons d'invitation qu'on envoie à la presse avec Christiane, Gaby et Claudette. C'est Christiane qui a décroché votre contrat sans qu'on sache trop comment.

À la Villa d'Este, au bout d'une dizaine de représentations, il y avait eu une prise de bec entre René, le directeur, et Meyran, au sujet des cachets d'abord, si maigres qu'on pouvait voir à travers, mais surtout du public qui, selon Meyran, trop occupé à boire et à manger, ne suivait pas le spectacle. Le directeur l'avait pris de haut, rappelant qu'il s'agissait de « dîner-spectacle » et non de

« spectacle-dîner », et qu'on ne pouvait empêcher un client de commander à boire sous prétexte qu'une chanson ou un sketch était en cours. Le lendemain Meyran modifiait le texte de *Cyrano*.

Encor que mon orgueil de Gascon m'interdise
D'accepter de vos doigts la moindre friandise
J'ai trop peur que vous cessiez de vous empiffrer
Cher public qu'à présent je ne peux plus pifer.

Tout le monde avait éclaté de rire. Sauf René. Meyran avait menacé d'en ajouter d'autres plus salés, et le directeur avait limogé le Club des Fantaisistes. Les filles, par solidarité, avaient suivi le mouvement. Tu te retrouvais sur le carreau. Mais le Club n'avait pas dit son dernier mot. Meyran, en quelques jours, récrivait le spectacle, demandait à Christiane Davy dont il était l'amant de lui dénicher trois autres filles, présentait son *Opéra de quat'fous* au Casino Montparnasse où il signait pour trente représentations. Christiane avait une chanson, Gaby et Claudette des sketches avec Dally, et toi tu retrouvais Eddy. Tout se goupillait à merveille, comme la vie quand rien ne la retient.

Jouer et danser devant maman et Pierrot ajoute au trac une dimension intime, la peur de mal faire. Ils sont là, tu ne les vois pas, les sens en toi, déshabillée par leur regard, soudain ridicule sous tes oripeaux qui, au lieu de te protéger, t'exposent sous le plein jour de leur amour. Lorsqu'au milieu des autres tu reconnais le rire de Pierrot, c'est une victoire. Et une complicité. Le public disparaît, vous êtes unis tous les deux pendant quelques secondes en un frisson de joie. Surprendre celui de maman serait un triomphe, car elle rit peu, ou en dedans, se retenant. Peut-être s'amuse-t-elle plus volontiers avec ses collègues de l'usine. C'est un mystère que tu ne cherches pas à éclaircir.

Tu les invites dans la loge et les présentes aux filles qui ont beaucoup entendu parler d'eux, Pierrot par-ci, maman par-là. Grands sourires, en peignoirs, démaquillées déjà, le front et les joues blancs de cold-cream dans ce chez-toi où maman pénètre pour la première fois, où elle examine chaque chose, étonnée d'y découvrir répandu sur les tablettes, les miroirs, et les tenues dans lesquelles tu as dansé, une part de toi qu'elle ne connaît pas, que tu es fière de lui révéler, gênée aussi. Pierrot, tout émoustillé, ne sait pas où donner de la tête entre Gaby, Claudette et Christiane qui lui demandent ce qu'il a pensé du spectacle. De le voir timide et rougissant, redevenir enfant quand il voudrait passer pour un homme, te fait un peu de peine. L'habilleuse entre pour ranger les costumes.

Par la porte ouverte, tu entends les voix d'Eddy et de Dally qui s'apprêtent à sortir, passent devant la loge, s'arrêtent et, en voyant tes invités, commencent leur numéro. Quoi, la maman de Cricri est ici ! Depuis le temps qu'ils demandent à la rencontrer ! À corps et à cri encore ! La mère d'une si ravissante créature ! Dotée de tous les critères de la beauté ! Une véritable Cri-chrysalide ! Mère et fille côte à côte, on jurerait deux sœurs ! Maman est sous le charme, et tout sourire, à croire qu'elle va rougir. Il n'y a pas à dire, Eddy sait s'y prendre. Mais il ferait mieux de t'embrasser.

Avant de s'en aller, il te caresse la joue. Maman croise ton regard. Et c'est toi qui rougis maintenant.

Les critiques des journaux sont plutôt bonnes, celle de l'*Aurore* surtout dans laquelle on cite ton nom et ceux de tes amies qualifiées de « ravissantes personnes ».

Dans l'*Équipe* en revanche, c'est « simplement catastrophique, truffé de jeux de mots indignes et d'à-peu-près pénibles, de pauvres exhibitions des vedettes féminines ». Il est signé d'un certain Lafargue qu'aussitôt tu détestes.

Tu n'aimeras jamais lire les critiques. Un mot suffit à te percer le cœur, un mauvais « papier » à te rendre malade. C'est toujours un incompréhensible malentendu. Tu fais tout pour être aimée et un inconnu dit du mal de toi. Pourquoi être aussi méchant ? Toi, quand tu n'aimes pas, tu te tais. Tu découpes les articles sans les relire, les ranges ou les colles dans un cahier, bons et mauvais, pour plus tard.

L'Opéra de quat'fous marche bien, les gens rient et applaudissent. Dans une nouvelle scénette écrite par Meyran, Eddy interprète un plombier émotif qui, dès qu'on lui pose une question un peu brusque, se met à aboyer. À la fin, Meyran lui marche sur le pied par erreur, et le pauvre plombier hurle à la mort. Fou rire assuré.

Pour la dernière représentation, Eddy invite la troupe à souper chez lui, rue Nollet, derrière la place de Clichy. On s'y serre à huit dans un petit séjour où il a fait venir du Wepler huîtres, langoustes, homards et tourteaux. Champi débouche le champagne, Meyran roucoule auprès de Christiane, Gaby trinque sur les genoux de Dally, Claudette rit pour un rien, fenêtres ouvertes pour que la rue profite de votre joie. Pourtant, c'est comme s'il n'y avait que vous deux, Eddy et toi, à chaque regard renouvelé.

Depuis quelques jours tu ne les évites plus, les attends même dans les coulisses, sur la scène, ou après le spectacle lorsque vous allez prendre un verre, déguster une soupe à l'oignon avec les autres et que tu détournes le tien au moment où le sien devient trop vif, trop tentant, là, au seuil du frisson. Si ses yeux te cherchent avec empressement, tu fais semblant de ne rien remarquer, d'occuper les tiens à des choses ridicules comme boutonner ton justaucorps avec soin ou épousseter tes jupons de sorte à augmenter le plaisir dès que, relevant les tiens, tu récoltes les rayons impatients. De ses regards, ta préférence va à ceux où se mêle à leur joie la tristesse d'avoir failli y renoncer. Ceux-là t'appartiennent mieux à cause de cet instant d'étonnement et de reconnaissance qui les voile soudain de tendresse. Si tu cèdes un peu trop vite à leur insistance, c'est pour t'en laisser griser, sans y répondre, en pure ingénue. Ce jeu, vous le complétez sur scène, celui de vos personnages. On ne sait plus alors qui tombe amoureux de qui. Vous voilà quatre à fuir et multiplier ce trouble, quatre à croiser le fer pour une unique victoire que nul ne remportera. Et peut-être est-ce à cette partie-là que tu as été prise.

Des homards ne reste que la carapace, des huîtres la nacre humide, du champagne l'ivresse joyeuse. Déjà Meyran s'est retiré avec Christiane, Champi s'en va au bras de Claudette, le bon Dally emmène Gaby. Tu te lèves, débarrasses une assiette ou deux. Eddy soupire un petit rire, s'approche, te prend la main. Il y a une pince de crabe intacte perchée sur un verre. Du doigt il écarte ta frange et t'embrasse. Ses lèvres contre les tiennes, le goût du champagne sur sa langue, de baiser en baiser il te conduit vers la chambre. Comment tenir un homme à distance quand il n'y a plus de distance qui tienne ? Comment détourner les yeux quand dans les siens c'est du sérieux qui l'ombre, et quelque chose d'autre, de plus grave encore, de la peur peut-être, à moins que ce soit la tienne qui s'y reflète ? En un rien de temps te voilà nue sous son regard. Nue sans une pensée en tête. Elles t'ont quittée en même temps que tes vêtements, tes pensées. Sauf la peur. Sans elle tu n'existerais plus, tu ne te glisserais pas entre les draps, tu n'attirerais pas l'homme à toi pour qu'il te couvre de son poids, te pénètre, t'appartienne. Sans elle, tu en oublierais presque de crier, habitée de lui, de son souffle, de sa force, de son plaisir. Le tien, tu le lui donnes sans le prendre, à boire, à s'enivrer, comme on offre sa bouche, son ventre, ses seins, pour rien, en cadeau. Cela s'épanouit et enfle, n'emporte pas encore, creuse, enveloppe, tue. À quel moment meurt-on alors ? À quel instant sait-on qu'on aime ?

Le jour blanchit la fenêtre. Une voiture passe dans la rue. Une ombre passe, légère et gaie. Il dort près de toi. Demain se change en un bel aujourd'hui.

À ton retour, maman ne t'a rien demandé. Le petit raout entre amis pour la dernière du spectacle, les homards et le champagne, elle sait d'instinct ce qu'ils cachent. À son air de ne te faire aucun reproche puisqu'ainsi va la vie, qu'un jour ou l'autre l'oiseau quitte le nid, et que sa tristesse, elle la garde pour elle, tu sais qu'elle sait. Qu'elle souffre. Ne l'avouera jamais. Que déjà elle se prépare à combler ton absence par cette souffrance. Mais tu es trop heureuse pour t'y attarder. Tu as tant de choses à penser et à faire, à rêver. D'Eddy, les mains, la voix, le corps, vos rendez-vous rue Nollet, vos promenades après l'amour dans le quartier des Batignolles, le petit bistrot du déjeuner où l'on sert des pieds paquets à la tomate et au vin blanc que tu manges parce qu'il en raffole. Et ce nouveau spectacle dans lequel il a imposé ta présence, une opérette dont la reprise se fera à l'Ambigu sur le boulevard Saint-Martin, *4 Jours à Paris*, un vrai rôle pour toi, Zénaïde qui aime, séduit Nicolas, et Nicolas, cela tombe bien, c'est lui. Vous chanterez en duo *J'ai des mirages.* Tout un programme. La première aura lieu dans un mois.

Le théâtre de l'Ambigu est un petit bijou à l'italienne, un rien fané. Pour le rôle masculin, on a engagé Reda Caire, vedette un peu fanée elle aussi, qui, dit-on, était l'amant d'Ivo Livi, qu'Eddy connaît bien pour avoir été dans un chantier de jeunesse avec lui, celui-là même qui à présent est à la colle avec la Môme sous le nom de Montand. En vedette féminine, c'est Ginette Catriens, Miss

France 1939, toujours jolie, à la voix cristalline, mais qui joue comme un pied, bien que ce soit injuste de dire cela des pieds, surtout les tiens si mignons, souvent froids, qu'Eddy réchauffe en les prenant en bouche et par des jeux coquins. Il est drôle, bizarre parfois, violent, mais tu n'as pas de comparaison : des hommes, tu ne sais que lui.

Lorsqu'il t'appelle au téléphone, maman dit : c'est lui. Elle tend le combiné à bout de bras comme une corde de pendu, et se retire dans la chambre. Tu ne sais pas comment lui dire : Eddy veut que tu habites rue Nollet. Il ne t'a pas encore présentée à ses parents, seulement à sa grand-mère qu'il aime par-dessus tout, et qui vit au milieu de ses souvenirs dans un appartement du boulevard de Clichy au-dessus du théâtre de Dix Heures. Il y en a partout, bibelots, dessins, photographies en compagnie de Chevalier, Raimu, Mistinguett et Colette à laquelle elle ressemble avec le buisson de ses cheveux gris. Pour ses quatre-vingts ans, Eddy lui a offert quatre-vingts roses rouges. Sur les photos qu'il a prises, elle rit comme une petite fille.

Vivre avec lui, s'endormir le soir à ses côtés, se réveiller sous ses baisers, tu y penses chaque jour. Et puis cela t'épargnerait le trajet jusqu'à Levallois. *4 Jours à Paris* joue à guichets fermés. Sous une pluie de bons papiers. Avec ton nom accompagné de phrases telles que : « servante incandescente à l'entrain, la cocasserie et le pittoresque jamais vulgaires », « artiste remarquable par ses talents de comédienne achevée, de comique, de danseuse, d'acrobate », et « qui triomphe chaque soir grâce à son comique irrésistible ». N'en jetez plus ! Eddy en serait presque jaloux avec ses « fantaisies si savoureuses au jeu si personnel », ses « drôleries clownesques » et son « don inné du comique ». Il faut dire qu'à vous renvoyer la balle comme vous le faites, vous formez un couple parfait, et, comme dit un article, contribuez à chaque tableau au succès de cette opérette. Alors, avant le lever du rideau, c'est à celui ou celle qui fera le plus rire. Mais pas de n'importe quel rire, parce qu'il y en a de toutes les sortes, des faciles qu'on provoque par une mimique, des gras soulevés à grands effets de clowneries, de très laids déchaînés à force de vulgarités, non, ceux-là, vous n'en voulez pas et préférez les plus subtils, les plus joyeux, vifs, frais, quand le public ne s'y attend pas, pris à l'orchestre ou mieux, là-haut, au balcon, à la volée, à l'arraché et que, ça y est, les spectateurs, vous les avez mis dans votre poche. De vrais bons rires venant de la surprise d'être assis face à une scène, vivant, secoué, heureux. Des rires simples qui chatouillent l'âme et jaillissent comme aux enfants, en s'oubliant. Les plus beaux, vous les marquez d'un pied de nez discret adressé à l'autre. À dix, la partie est remportée, à vingt, c'est le droit de voler un baiser en coulisse. Tu gagnes souvent à ce jeu.

Découvrir en toi cette faculté nouvelle t'étonne, t'impressionne même, car si tu es plutôt gaie de nature, tu n'as pas particulièrement d'humour et aucun don de répartie, comme Eddy, par exemple. Ce doit être l'amour qui a ouvert cette vanne. Ah ! Ah ! L'humour et l'amour font décidément bon ménage. Et Nicolas et Zénaïde la paire.

L'opérette part en tournée, une lune de miel pour vous, dans le Nord pour quelques dates, Roubaix, Arras et Lille. Puis à Clermont, Lyon et Genève, mais sans Reda Caire qui s'est cassé le peu de voix qui lui restait, remplacé au pied levé par Andrex que tu as toujours admiré au cinéma. Pour l'occasion, on a mis ton nom et celui d'Eddy juste sous le sien, avant celui de Ginette à qui ça fait grincer les dents. Andrex, cela l'amuse, entre deux films, de jouer le vieux beau. Allez ! les petits ! Faites-les rire ! Il a gardé son accent à la Fernandel dont il est un grand ami. Si son étoile d'avant-guerre a pâli, ses yeux restent brillants dès qu'ils les posent sur toi. À Genève, les Suisses rigolent comme des baleines. Andrex prétend que c'est parce qu'ils n'ont pas la mer. Dans *Fric-Frac*, il jouait un voyou. Il en garde le sourire moqueur.

La tournée achevée, tu en profites pour t'installer chez Eddy. Une grosse valise qui pèse le poids d'un âne mort. Le chauffeur de taxi a cru qu'il n'arriverait jamais à la déposer dans son coffre. Tu avais l'impression de prendre la fuite. Maman était au travail. Il pleuvait. Le bonheur te faisait frissonner.

Tu l'appelles au téléphone tous les soirs pour parler de sa journée, de la tienne. Chez Jaeger, les chronomètres deviennent de plus en plus complexes, leurs roues dentelées toujours plus petites. Elle se rend compte que sa vue baisse. En rentrant, elle est passée par la boucherie chevaline où elle a pris un bifteck qu'elle se fera aux échalotes. Avec des patates, ou sans rien, elle verra. Dimanche, elle déjeune avec Madeleine, Monique et Jeannot avec lesquels elle est rabibochée. Eh oui, ma fille, tout arrive. Tu veux te joindre à eux ? Ah, mais c'est vrai, tu as matinée. Sa voix résonne dans l'écouteur, métallique, lointaine. Sans doute regarde-t-elle par la fenêtre les passants qui rentrent chez eux, ou ceux à l'arrêt d'autobus. Et toi ? Une nouvelle pièce en perspective, avec Luc Barney. Connais pas. Du moment que tu t'amuses, c'est ce qui compte. À demain alors, ma chérie. Elle raccroche sans un mot pour Eddy.

Tu iras la voir à l'improviste. C'est ce qui lui fait le plus plaisir. Avec une brioche, ou des fleurs. Un simple bouquet. Et parler de tout et de rien. Se rendre à pied en bord de Seine, du côté d'Asnières, du cimetière des chiens peut-être, pour flâner.

Un soir, elle t'apprend le décès de madame Safronova. Régine ne savait pas où te joindre. Tu la retrouves au Père-Lachaise. La plupart des filles sont présentes, et d'autres que tu n'as jamais vues. Madame Safronova est partie dans son sommeil. Elle danse à présent parmi les étoiles. Régine, elle, est à nouveau dans les cabarets de la rive gauche. Elle y chante les poètes. Cela marche bien. Moins que toi. Elle a lu les papiers dans la presse, les opérettes dans lesquelles tu triomphes. En deux ans tu as fait un sacré bout de chemin. Bravo ! Tu le mérites.

Presque plus que ta professeure, tu as le sentiment d'enterrer les Sœurs Normand, là, au bord de la tombe d'une autre, vêtue de noir près de ton amie, sans pleurer, ou en dedans, quelques larmes sèches. Régine est belle. Avec son grain de beauté sur la joue qui donne envie de l'embrasser. De la quitter.

Romance au Portugal, *Zoé*, *La femme sera toujours la femme*, vous enchaînez opérette, pièce de théâtre, spectacles, et les bons cachets. Couple à la scène comme à la ville qu'on n'hésite pas à engager parce que Cricri et Eddy sont amusants, beaux, jeunes, qu'ils savent chanter, danser, jouer la comédie, elle, gracieuse, blonde comme les blés, à la taille de sylphide, lui, plus rond, facétieux, faisant le pitre.

Le public les adore. On a besoin de légèreté dans l'existence, de distractions, de fantaisie sans prétention avec ce qui se passe dans le monde, une guerre qui vous pend au nez, et pas froide celle-ci, atomique. Alors pensez !

Eddy a retrouvé Luc dans *Romance*. Il a chanté avec lui un titre qui a fait un tabac au printemps 1945, *Football*. Luc Barney est un pilier du Club des Cinq, un cabaret d'anciens officiers de la deuxième DB, des potes à Cerdan, le boxeur. Il y a pris l'habitude du whisky pur malt et du poker. Pour *Romance*, c'est du vinho verde qu'il partage avec Eddy dans une scène d'ivresse hilarante qui chaque fois rafle la vedette à Michel Dens, un baryton de l'Opéra qui, soit dit en passant, aurait mieux fait d'y rester. Après le spectacle, ils vont faire un tour au Club, rue du Faubourg-Montmartre, à un quart d'heure à pied de la Gaîté Lyrique, puis ils prennent un taxi direction rue de Berri et le VIIIe arrondissement.

Même s'ils n'ont été ensemble que quelques semaines, Luc l'aime toujours. Mais tout le monde l'aime, les hommes surtout. Elle est là, dans son petit appartement, nichée dans un fauteuil, l'air déplumé et vif, fumant cigarette sur cigarette, un verre à la main. Elle porte bien son nom, Piaf, avec son corps maigrelet, ses cheveux qui lui couronnent le front d'une suie de bouclettes, ses grands yeux qui pleurent et rient en même temps, et son visage maquillé à la va-comme-je-te-pousse. On se demande ce que les hommes lui trouvent. Quand Luc te la présente, c'est à peine si elle te regarde. Elle te fait l'effet d'une fillette croisée avec une sorcière, d'un chihuahua avec un Arlequin. Tu n'as jamais aimé sa voix, ni ses chansons qui te rappellent la banlieue parisienne, Argenteuil, et, va savoir pourquoi, la tribu Muller, les dimanches de pluie et la bouteille de rouge posée sur la table, alors qu'elle ne boit que du whisky, Édith. Luc la couve du regard comme une chose très précieuse qui pourrait disparaître à tout moment, et c'est vrai qu'elle a l'air d'être déposée dans la nuit pour qu'au matin, pfuit! plus rien.

Au bout d'une heure, vous repartez. Luc et Eddy jouent au poker dans l'arrière-salle d'un bar en bas de la rue d'Artois, ou un autre, rue de Ponthieu, selon l'humeur, la disponibilité des tables. Tu t'installes dans un fauteuil, à l'écart, parfois à côté d'autres filles dont on devine le métier, toujours bien habillées et qui, te prenant pour l'une d'elles, te jaugent de la tête aux pieds, entament un brin de conversation avec la « nouvelle », histoire de tâter le terrain. Jouer le jeu t'amuse au début pendant que les hommes se consacrent au poker à cinq ou six autour d'une table enfumée. Blindes de mille, pots de dix mille, les je suis, passe, ou me couche, double paires, brelan, full et quintes, la bakélite des jetons qui claque au moment des relances, et cette façon de déplier lentement, carte à carte, le petit éventail de leur jeu dans la paume de la main, de l'abattre en en faisant doucement craquer le carton, ou de le jeter brutalement sur la table en soupirant ou en rageant, ce jeu dont ton homme est l'un des héros qui en sortira plein aux as ou raide comme un passe-lacet, tu en suis les péripéties à distance à la façon d'une enfant sage que veiller tard change en adulte. Tu ne bois que de l'eau, ou à l'occasion un verre de vin blanc, jamais de whisky qui a un goût de punaise. Tu ne te lèves que pour aller aux toilettes et sans jamais passer derrière les hommes qui ferait croire que vous voulez tricher, car il ne faut pas rigoler avec ça, le poker, c'est du sérieux, un peu trop même, mais très instructif.

Lorsqu'ils bluffent au jeu, la plupart des hommes gardent un visage impassible, ou quelquefois ébauchent un sourire de Joconde du genre rira bien qui gagnera le dernier. Eddy, lui, tu as mis du temps à le percer à jour. Rien ne bouge de ses lèvres, de ses joues, de son front que tu trouves si jolis à force de l'aimer. Même s'il y a plus beau que lui, Luc par exemple, un vrai play-boy à côté. Non, rien ne bouge, impossible de savoir s'il bluffe sauf – signe qui ne trompe pas, qu'il dissimule avec une bouffée de cigarettes ou une gorgée de whisky – un court haussement des sourcils qui, semblable à un soupir de fatigue, de colère peut-être, fait apparaître de fines rides aux paupières grâce auxquelles on comprend qu'il cache son jeu, qu'il ment.

Ce haussement des paupières, tu l'as déjà remarqué quand, durant les répétitions de *Zoé*, il t'a répondu être allé chez Brigitte pour travailler leurs scènes communes à tête reposée. Tu as laissé filer la « tête reposée », gardé en mémoire les rides enlaidissant son regard. Les hommes ressemblent aux enfants qui cousent leurs mensonges de fil blanc – en moins charmants.

À la troisième partie de poker, tu rentres seule rue Nollet, avant l'aube. Tu sens bien que tu gênes Eddy qui, sans le dire, met sur le compte de ta présence les pots perdus, les bluffs ratés.

L'amour et les jeux de hasard font moins bon ménage qu'on le dit.

Les marguerites se parent de trop de pétales pour qu'on puisse s'en remettre à elles seules. Aimer tient du prodige. Être aimé du miracle. Cela fait deux ans que tu habites rue Nollet. Tu as fêté cet anniversaire dans ton cœur. Eddy n'apprécie pas les commémorations qui selon lui marquent le temps écoulé quand pour toi c'est celui qui se perpétue. On ne peut pas être d'accord sur tout. Comme dans le spectacle de *La Femme* où les couples s'unissent et se désunissent. Tu y as repris la danse, en petite tenue, genre Lido en plus comique. Et rencontré une amie.

Yvette, par la taille et l'allure, te fait penser à Régine. Pour le reste, elle est tout le contraire : blonde, imprévisible, follette et panier percé. Et change d'amants comme de chemises. Tu lui envierais presque son cœur d'artichaut, une feuille pour chacun, sauf pour Eddy qui demeure chasse gardée, du moins pour l'instant. De toute manière, il n'est pas son genre. Elle les préfère plus grands, riches et moins gros, cela dit sans vouloir te blesser, ce qu'elle fait quand même. Tu l'as vue la première fois à l'ABC dans un spectacle de Dac et Blanche où jouait Eddy. Vous vous êtes tout de suite entendues.

Tu la retrouves à la Comédie-Wagram où elle fait un peu partie des murs grâce à Maxine, la directrice. Elle a appris comme toi la danse classique, s'est produite dans des revues, a fait quelques panouilles au ciné au gré de ses amoureux. Elle prend la lumière comme personne à grand renfort de coups de tête en secouant les boucles de sa crinière. Yvette fait partie de ces êtres solaires que rien ne trouble, un nuage passe sur son regard et hop! la seconde d'après il fait beau. Une vraie fille à vous remonter le moral.

Les histoires d'amour, elle connaît. Le tout est de ne pas tomber amoureuse, ou alors minimum syndical, sinon tu es cuite, ma petite, et alors vas-y comme je souffre, comme je te pleure toutes les larmes du corps, pour un comme il y en a des milliers. Non, vraiment, c'est trop bête. Cela dit, personne n'est à l'abri du coup de foudre. Mais elle touche du bois, de l'eau peut couler sous les ponts avant que ça lui arrive.

Son expression favorite est « un de trouvé, dix de perdus », qui la fait rire aux éclats et cache un fond de méchanceté. Elle ne parle plus à sa mère depuis un siècle. Tu ne sais pas la chance que tu as, toi, une mère, c'est comme… mais elle ne finit pas sa phrase et repasse au beau fixe. Son opinion sur Eddy tient en une phrase : « C'est un homme, ma chérie », sans qu'on sache si elle parle en général ou que, ne voulant pas se mouiller, elle en sait plus sur lui qu'elle veut bien le dire.

L'amitié profonde que tu avais pour Régine, le plaisir de la côtoyer, de lui parler, cette complicité, tu les reportes sans t'en rendre compte sur Yvette, augmentés par la nouveauté de ce visage dont l'habitude n'a pas encore usé la beauté ni la fraîcheur. Si les deux jeunes femmes ne se ressemblent pas, une même volatilité des sentiments les unit et une même grâce. C'est un frisson de plaisir dès que tu la vois, et un peu de tristesse aussi au souvenir de Régine, et de ta jeunesse passée.

Après le spectacle, vous vous réunissez à la Caravelle entre filles avec Véra, Andrée, Élaine. Dans la presse, vous n'apparaissez que comme « charmantes et dévêtues ». Les hommes sont des goujats. Le music-hall te rase désormais. Montrer ses cuisses, lever la jambe, sourire deux heures durant, tu en as fait le tour. Mais au moins tu es près d'Eddy.

Plus pour longtemps.

Il a signé le contrat d'une tournée internationale pour deux pièces en alternance. L'Italie puis le Moyen-Orient. Plusieurs semaines loin l'un de l'autre. Son nom en haut de l'affiche. Il est heureux comme un prince. Et toi tu l'es pour lui.

Au début il t'appelle tous les deux jours, de Milan, Florence, Venise, et Rome où l'ambassadeur de France a reçu la troupe. Les pièces emballent le public, l'Italie est superbe, les gens formidables. Non il n'a pas trop de temps pour les visites, un jour peut-être, avec toi, oui ma Cricri, il t'y emmènera, promis, oui, je t'embrasse. Tendrement. Entendre sa voix si près, si loin te ravit et te blesse. Quelques phrases, puis le silence. Il ne t'appelle jamais ma chérie. Seulement Cricri, comme tout le monde. Et *cara mia* une fois, à la blague. Derrière, en fond sonore, un bruit de circulation, des voix parfois. Tu as le programme avec les dates, les villes, les lieux, à Milan le Manzoni, la Pergola à Florence, Il Ridotto de Venise. Tu le suis à distance, secrètement, imaginant hôtels et rues, loges et scènes, les décors que l'on monte, les costumes qu'il porte, ses partenaires, Alice, Blanchette et Andrée. Et la petite Colette. Une brune pétillante aux rôles anecdotiques, qu'on remarque tout de suite.

De ton côté tu as signé dans un vaudeville à la Comédie Caumartin où tu t'amuses. Un vrai régal de répliques drôles et fines dans un petit décor bourgeois. Poiret et Serrault y sont impayables, mais leurs cachets rognent un peu sur le tien.

Le samedi tu vas voir Maman qui s'est acheté une paire de lunettes avec des verres comme des hublots. Ça lui donne l'air sérieux d'une militante communiste. Tu lui as offert une blouse à motif de fleurs. Vous allez au restaurant avec Pierrot qui s'est mis à la boxe. Direct, crochet du gauche, uppercut, pas de côté, dégagement et contre-attaque, il mime chaque passe du « noble art », et après deux ou trois verres tout le combat. Il s'entraîne plusieurs soirs par semaine. Derrière ses lunettes Maman n'en pense pas moins. Tu verras quand tu auras le pif en bouillie. Peu de chance que cela lui arrive vu comment il travaille sa garde. Et il place ses poings devant son visage. Un gosse !

Tu raccompagnes Maman puis rentres rue Nollet qui te file le bourdon, les draps glacés du lit impossibles à réchauffer. Tu poses un 78 tours de Trenet sur le pick-up – Eddy les a tous –, *Y'a d'la joie / Bonjour, bonjour les hirondelles / Y'a d'la joie / Dans le ciel par-dessus le toit*, mais sans lui, c'est à se pendre. Il t'a appelé d'Istanbul, une communication qui grésillait, trop brève ; appeler de là-bas coûte une fortune, ils ont eu dans la presse locale, la *Cumhuriyet* quelque chose, leur photo en pleine page et une bonne critique, en turque évidemment ! Il te rappellera plus tard.

Mais plus tard ne vient pas.

Ou si, ton amour pour lui, de plus en plus fort.

Le sentiment étrange que son absence le décuple.

Que pour combler cette absence, tu recomposais en toi un Eddy plus tendre, affectueux, aimant, plus vrai, le véritable Eddy tel qu'il t'apparaît maintenant qu'il n'est plus là.

Avec Maman déjà tu as ressenti cette douleur, ce réconfort quand en Afrique du Nord, loin d'elle, tu avais compris combien elle t'aimait. C'est presque un nouvel amour que tu éprouves pour lui, un amour qui se berce de son absence puisque plus rien ne s'interpose entre vous, aucun corps, aucune voix, et c'est sans doute bizarre de penser cela parce que sans cela il n'y aurait pas d'Eddy. Oui, c'est comme si tu oubliais l'Eddy de tous les jours avec ses mesquineries, ses méchancetés parfois, mais aussi son humour et sa vivacité, pour ne rappeler à toi que le meilleur de lui, le plus simple, aimant, car cet oubli n'est pas une faiblesse de ton esprit, mais un révélateur. Tu en pleurerais presque de joie, car il t'aime, cela ne fait aucun doute, sinon tu n'atteindrais pas cette profondeur de tendresse qui est comme le reflet de la sienne. L'une et l'autre ne font qu'une, débarrassées des misères quotidiennes, des mauvais gestes, des mauvais mots au profit du seul amour, où l'on se donne en entier.

L'itinéraire de la tournée prévoit après Istanbul cinq représentations à Beyrouth puis un battement d'une semaine avant de rallier Le Caire et ensuite Alexandrie. Tu as hâte d'entendre sa voix.

Peur aussi. Yvette te traiterait à coup sûr de « fleur bleue ». Si fort soit-il, l'amour peut se fêler au moindre choc de la vie. Eddy que tu portes en toi ne le sait pas encore, lui qui a trop à faire avec le succès, le désir d'autres femmes, la crainte de ne plus plaire, de sorte que le plus aimant en lui ne se montre qu'en de rares occasions, quand vous êtes seul à seul, et même là avec une pudeur proche de la lâcheté. Qu'il t'aime d'un fond qu'il ignore te touche d'autant plus que rien ne le manifeste. Il t'appartient, ce fond, et de le guider à la surface plus encore.

Il t'appelle un soir de Beyrouth au moment où tu pars au théâtre. Ils ont été reçus à l'ambassade, les petits plats dans les grands, visité Baalbek et Byblos, Alice est très connue ici et l'accueil incroyable. Demain, avion pour Le Caire, au pied de ces pyramides, etc. d'une voix guillerette dans laquelle il ne met aucune malice. Et qui coud la tienne au silence. Pas de je t'aime à l'horizon, ni calé au fond bien au chaud. Seulement un homme qui s'amuse à l'autre bout de la terre. Allez ! Salam, ma Cricri.

Dans dix jours, il sera près de toi.

À la date prévue, il n'est pas là. Peut-être t'es-tu trompée de jour, ou que le vol a été reporté ? Ou pire, mais tu n'oses y penser. Le lendemain, il arrive, frais, joyeux, comme si de rien n'était, la valise déballée, des bracelets pour toi, et un collier pour la Mule, le surnom qu'il donne à Maman, mais il ne fait que passer, il va habiter quelques jours chez Alice, une nouvelle pièce à adapter, un rôle sur mesure pour lui, ils vont travailler ensemble pour les Ambassadeurs, tu sais le théâtre près du Rond-Point qu'elle a longtemps géré. De part et d'autre de ses yeux, de fines rides lui soulèvent les paupières. Mais tu peux rester dans l'appartement, si tu le souhaites.

Et lui flanquer ta main à travers le visage si tu le souhaites aussi ? Tu ne fais rien, ne dis rien. Alice. Sa voix perchée à la Popesco, ses longs cils papillonnants, son air de grande dame. Ses cinquante balais bien sonnés. Alice, alors que tu craignais, sans te l'avouer, Colette.

Yvette est rouge de colère : « Ah ! le salaud ! » Et toi en pleurs dans ses bras. Cela ne l'étonne pas plus que ça, Yvette. Un fameux pedigree, Alice : un amoureux qui se suicide d'une balle de revolver devant elle à l'occasion d'une promenade en barque, du fricotage avec l'Allemand durant la guerre et au dernier moment un fiancé grand résistant, un amant vedette dans chacun de ses spectacles ! Elle se doutait que ton Eddy était cavaleur. Elle aurait dû t'en parler. Là, c'est le pompon. Ce doit être à cause de l'Égypte. Toutes ces vieilleries qu'on y exhume… Quel sale bonhomme, vraiment !

Elle t'a proposé de t'héberger le temps de te retourner, mais au bout de deux nuits, après avoir bien pleuré, tu rentres chez Maman.

Quand la vie tourne au vaudeville, mieux vaut ne s'en prendre qu'à soi.

Ta mère a cuisiné un pot-au-feu. Une bonne odeur de bœuf, de poireau, un bouillon qui, à défaut du cœur, réchauffe le corps, vas-y, mange, il ne faut pas se laisser abattre. Peine d'amour n'est point mortelle.

Elle commence ainsi, ta maman, par pudeur, et parce qu'elle ne sait pas consoler l'inconsolable, que seul le temps s'en charge selon elle, d'ailleurs tu peux rester aussi longtemps qu'il faudra. Mais – et elle ôte ses lunettes, en plie les branches et les pose sur la toile cirée de la table – tu ferais bien d'aller le reprendre, ton Eddy. Le plus vite sera le mieux. Ne commets pas la même erreur que moi.

Et, soit à cause de tes yeux encore rouges de pleurs, de la nuit qui vient de tomber, ou de l'odeur du pot-au-feu ravivant celle des soirées en famille, soit parce que simplement le temps est venu de ne plus retenir le temps, elle déroule l'histoire qu'elle a toujours su taire, y compris en elle.

Elle l'avait rencontré au bal du premier mai, celui du Moulin d'Orgemont, tu sais la guinguette près du Pavillon bleu, et cela lui avait fait un choc de le voir parce qu'elle l'avait repéré depuis longtemps à l'épicerie Buttinoti et dans les rues de Mazzagrande. Un bal, ce n'est rien, on danse et on s'en va, mais des yeux bleus qui vous suivent où que vous allez, vous sourient et vous invitent à danser, c'est autre chose. Et un baiser sur la joue, au coin des lèvres, accompagné d'un *Ciao*, cela l'avait remuée. Elle y avait repensé toute la semaine. À la délicatesse de ses gestes, de ses sourires, de ses paroles, leur élégance. Alors, quand ils s'étaient rencontrés à nouveau, qu'il lui avait proposé un déjeuner le dimanche, elle avait accepté. À la suite de quoi une grande faiblesse lui avait gagné le corps et la tête, délicieuse, entière, une vague chaude lui emplissant la poitrine, et, comme un refrain, son nom, Antonio Cincinelli qu'elle prononçait Saint-Cinelli.

Au restaurant, il lui avait fait découvrir les plats de son pays, raconté son village natal près de Venise, son exil jusqu'à Paris, à pied, avec ses frères, son métier de maçon, les heures passées à travailler le plâtre, couche après couche, doux comme la peau d'une jeune fille. Ils étaient allés se promener du côté des carrières, comme les amoureux le faisaient alors, à l'abri des regards, sous les bouquets d'acacias, au bas des roches blanches. Et tous les dimanches après celui-ci, le bonheur. Personne n'était au courant de leurs rendez-vous, mis à part Madeleine qui avait dû mentir plus d'une fois aux parents. Mais quoi ! elle avait un homme à elle, beau comme le jour et qui l'enivrait de mots gentils qu'elle ne comprenait pas.

Au début de l'été, Antonio était parti visiter sa famille en Italie ainsi qu'il le faisait une année sur deux. Cela avait été un crève-cœur, mais le voyage chez les Saint-Cinelli, c'était sacré. Et puis un mois passe vite. Il suffit de se rappeler les baisers, d'imaginer ceux à venir. Un long mois d'attente où, au milieu du rêve et des souvenirs, elle s'était aperçue qu'elle était enceinte. De toi, ma chérie. Une petite crevette dans le ventre. Pas plus gros que cela, le ventre, elle pourrait le cacher un certain temps, un ou deux mois peut-être, pas plus, aux parents, aux voisins. Mais pas à Antonio. À lui, elle ne voulait pas mentir. Ni lui dire la vérité. Le mettre au pied du mur. Lui faire partager ce fardeau d'un enfant quant à dix-huit ans on commence juste à vivre. Fonder une famille avec un salaire de maçon, et elle quitter la sienne, en être chassée plutôt, car elle savait bien à quoi s'attendre. Et personne à qui se confier, à sa mère encore moins qu'une autre qui avait été prise de la même façon, mais avec un homme de son milieu, de son pays, alors que lui, Antonio… Non, elle avait pris sa décision, se taire, dans les larmes.

Antonio était revenu au mois d'août. Elle l'apercevait de loin en loin, évitait de croiser son chemin, le quartier de Mazzagrande, les guinguettes, les commerces où il se rendait. S'il passait sous ses fenêtres, sachant où elle habitait, elle attendait qu'il s'en aille, triste de la tristesse qu'elle lisait dans ses yeux. Un jour, ils étaient tombés nez à nez. Son sourire à lui, un grand sourire de retrouvailles, et elle, au lieu de se jeter dans ses bras, tournant les talons, elle avait traversé la rue, couru presque, comme on crie.

Fin de l'histoire, début du calvaire, du ventre gros, des injures du père, des commérages, du polichinelle dans le tiroir dont on se demande bien d'où ça vient.

Mais jamais elle n'avait avoué le nom du père, Antonio, caché au fond de son cœur.

Tu étais née, et toute la peine avait été rachetée. Enfin presque toute. Parce que, tu sais, une fois que tu étais là, il aurait été encore possible d'aller voir ton père et de lui dire, voilà ta fille, l'enfant de l'amour, comme on dit. Les Italiens sont catholiques, il t'aurait reconnue, aimée, dorlotée. Mais ta mère est une idiote, ma fille, dure à la peine, au travail, à la vie, et qui est passée à côté de la sienne, à côté de son amour. Alors ton Eddy, tu vas aller le retrouver, lui dire tout ce que tu as sur le cœur. Pas question de le laisser à une autre. Il est à toi. Pour tout le temps de ta vie. Crois-moi, on n'aime qu'une fois. Le reste, c'est de la fierté mal placée. Et du remords.

Le pot-au-feu s'est figé dans l'assiette. Tu prends une bouchée de viande avec deux trois grains de gros sel. Maman débarrasse la table. Certains plats réconcilient avec l'existence. Même froids. Christiane Saint-Cinelli, cela aurait bien sonné, aurait fait très chic en haut d'une affiche.

Mais Muller, tu l'aimes tel qu'il est, ce nom, rude et tendre, comme ta mère.

Malgré un patronyme à l'origine incertaine dont la prononciation prête à confusion, vous aviez réussi le tour de force de l'inclure dans une devise familiale peinte sur des assiettes, et, par glissement métonymique, vous aviez brodé de souris grises nappes et serviettes, proclamant fièrement : « Un trou s'y fit, un rat s'y mit. »

Moi, j'ai choisi de naître chez vous pour plusieurs raisons.

D'abord parce que tu étais incroyablement jolie, de cette beauté claire, immédiate, comme celle sans ombre d'Ingrid Bergman à laquelle tu ressemblais. J'imaginais combien tes bras m'attendaient avec impatience, et tes regards aimants, la profondeur de ton corps, dans ce petit appartement du boulevard de Clichy qu'Eddy avait hérité de sa grand-mère et dont les fenêtres donnaient, du côté de la chambre qui serait celle des enfants, sur le toit du théâtre de Dix Heures et sur une large cour où se dressait un arbre solitaire, et de l'autre côté sur le boulevard où, à l'approche de Noël, une fête foraine rayonnait de lumières et de flonflons d'Anvers jusqu'à la place de Clichy, longtemps dans la nuit.

De plus l'immeuble me convenait, sobre et droit, avec ses deux entrées, celle sur la rue Germain-Pilon permettant à l'occasion de s'échapper ni vu ni connu, et aussi parce qu'il abritait une vieille dame d'origine russe, madame Sabaritch qui, sans enfants, me régalerait de friandises et de sourires. Qu'au dernier étage le peintre Jules Pascin eut décidé de se donner la mort en s'ouvrant les veines et, après avoir écrit avec son sang sur les murs « Adieu Lucy », voyant que la mort tardait, s'était pendu à la poignée de porte de l'atelier, semblait, au lieu de m'effrayer, m'encourager à venir visiter un lieu si riche de promesses. Madame Sabaritch avait conservé du peintre des aquarelles et des dessins tout tremblants d'alcool de jeunes filles en chemise, et peut-être l'une d'elles la représentait-elle, étalée de tout son long, offerte, sur un canapé. Le quartier, quant à lui, peuplé de prostitués et de boîtes de strip-tease, attirait cette part de moi qui verrait la beauté et la laideur lutter sans relâche, chanter leur innocence perdue. Les Orientaux qui jouaient du couteau dans la nuit ne me contrediraient pas sur ce point.

Ma décision de naître dans ce bercail tenait aussi à votre amour. Le tien, plus ample, long, inconditionnel le couronnait de son feu tour à tour apaisant et brûlant. Il irradiait les matins d'un jour plus clair que le jour, illuminait les soirs, pétillait dans la nuit et jusqu'à l'heure où la mort finit par se lasser.

Je savais pouvoir y occuper une place de choix même si je devinais qu'il me faudrait jouer des coudes dès qu'Eddy apprendrait la nouvelle, qu'il verrait le bambin emmailloté d'amour éclipser le sien dans le regard de sa femme devenue mère, et que puisqu'étonnamment un plus un égalait trois désormais, il lui faudrait composer avec cet outsider. Mais bon, je saurais me faire tout petit, convaincu qu'éliminer mon concurrent ne m'apporterait nul gain supplémentaire. D'ailleurs Eddy m'aimait déjà, et sans le savoir, ce qui était à son honneur. Il le manifesterait avec toute sorte de chansons, d'histoires racontées soir après soir au son desquelles je m'endormirais, complétant les rêves de mots, les mots de rêves. Je récolterais ses paroles au gré de mes pages blanches pour, les oubliant, n'en retenir que l'amour qu'elles contenaient. Eddy aurait un héritier, un fils.

Et ta mère un nouvel être à choyer.

Elle, elle serait un second toi, plus charpenté, plus stable donc, taillé dans un bois épais et rêche, et me pétrirait comme du bon pain quand, tout juste sorti du creuset de son ventre, j'aurais réclamé les égards dus plutôt à une chouquette. Elle doublerait ton affection d'un surcroît de tendresse, et – telles les éminences grises de l'entourage des souverains dotées d'une autorité naturelle – d'un pouvoir discrétionnaire plus efficace que le tien, contre lequel Eddy buterait souvent en vain. Elle présente, je saurais qu'au moindre pleur, cri ou bêtise, il suffirait de me précipiter dans ses jupes pour trouver un asile hors de portée du courroux paternel. Dès que la parole me serait donnée, je hurlerais son nom, sésame paralysant l'ennemi, lancé de toute la force de mes petits poumons, et quand bien même elle ne serait pas là, le nom ayant alors valeur d'avertissement et de détresse.

Conçu pour les lèvres de la petite enfance, c'était Mamu, un balbutiement, une prémisse, sorte de « maman » plus bref, concis, son complément peut-être comme, aux divinités hindoues, la dénomination qu'on donne à un nouvel avatar. À une nouvelle puissance. Mamu dont je deviendrais à mon tour l'idole.

La langue décide avant les êtres, peut-être même avant les dieux. Mon choix de surgir dans vos vies à six heures du matin – alors que par ton métier tu étais définitivement du soir – je le devais sans doute à ce surnom, à la légende qu'il portait secrètement comme venu d'un conte oriental où la déesse Mamu, ornée de bracelets et de colliers, aurait jailli au moment opportun pour rétablir l'ordre et l'harmonie. Elle n'avait pourtant rien d'une divinité, Mamu, avec son visage que les longues heures d'ouvrière passées au-dessus des chronomètres Jaeger avait ridé prématurément, rétrécissant ses yeux à deux rondelles grandes comme des boutons de chemise, qui décochaient avec d'autant plus de précision des regards affectueux ou sévères. Elle pouvait même faire un peu peur à la façon de ces deus ex machina qui, dans un fracas de cymbales, apparaissent à la fin de la tragédie pour en débrouiller l'écheveau. Ce nom, on l'avait inventé pour moi en même temps que la personne qui le portait. C'est d'ailleurs le seul que je ne connaîtrais jamais de ta mère.

Mais ce qui a emporté ma décision finale de voir le jour, c'est l'idée de plonger dans l'univers du spectacle.

Eddy, afin d'annoncer la nouvelle de ma venue à la terre entière, avait dessiné en guise de faire-part une colonne Morris dont l'affiche, surmontée de mon prénom, proclamait mon « entrée sur la grande scène de la vie ». En haut de la colonne, le nom du théâtre : l'Areu-areu. De la vie, j'avais jusqu'à présent eu un aperçu sommaire, pas du théâtre. Si Mamu, durant ta grossesse, t'avait couvée, appelée dix fois par jour au téléphone, pris des congés pour les passer avec toi, elle n'avait pas pu t'empêcher de continuer à jouer la comédie, non plus qu'à accepter un rôle dans une nouvelle pièce. Commencées aux environs du huitième mois, les répétitions m'avaient convaincu d'une chose dont je me doutais depuis un certain temps : la différence entre le théâtre et la vie tenait à d'infimes signes et articulations qui, selon l'angle où l'on se plaçait, pouvaient faire basculer l'un dans l'autre, l'une se confondre avec l'autre. Qu'une réplique sonne faux, qu'un trou de mémoire arrive, qu'un rire fuse au mauvais moment, tout se désagrégeait en un rien de temps, théâtre et vie, suspendus au texte qui les soutenait tous deux, et qui, sans lui, retourneraient au néant d'où ils venaient. De ce point de vue, prenant place aux premières loges, je m'attendais à une entrée sur la grande scène de la vie plutôt coton.

Un bébé, cela change la vie. Et le corps. L'accouchement s'est plutôt bien passé, c'est-à-dire que, malgré la méthode dite sans douleur, tu as sacrément dégusté. Mamu aurait pu te prévenir. Ou la sage-femme. Moyennant quoi, te voici dans ton lit, blanche comme un cachet d'aspirine, courbaturée de partout, épuisée, vide, creusée de l'intérieur, abandonnée, sans trop savoir si tu es triste ou heureuse, étonnée de devoir l'être, entourée des tiens pourtant, des amis, de leurs sourires.

Maman et Eddy sont arrivés les premiers, les yeux écarquillés de bonheur, puis le photographe de la clinique alors que tu n'étais même pas coiffée, Christian et Perette, deux comédiens de la nouvelle pièce, et Yvette qui sera la marraine de ton fils, même si tu ne vois pas l'intérêt du baptême, mais ta belle-mère a insisté et ce sera une jolie cérémonie à Saint-Philippe-du-Roule au milieu de comédiens, de directeurs de théâtres, de la famille – sans la tribu Muller si possible –, suivie d'une réception chez les beaux-parents avec petits fours, macarons et dragées. Chacun trouve le nouveau-né mignon comme un Jésus, tout le portrait de son père. Quand Camo est arrivé, tu dormais à moitié. Il a apporté le texte de la pièce où il a cru bon d'effectuer quelques changements, d'ajouter des répliques plus percutantes, et là, tu vois, à la scène trois du deux, lorsque tu entres, Perette te regarde et tu t'exclames « Encore ! », ça fera rire. Il t'a embrassée, a déposé le texte sur les draps, allez ! repose-toi bien Cricri. La première est prévue dans trois semaines.

Presque une éternité.

L'enfant dort près de toi. Tu écoutes les petits bruits de sa petite vie. La chair de ta chair hoquète et vagit calmement. Tu relis la pièce, ton rôle, imagines la mise en scène, tes partenaires, le décor, la salle. Il y a des répliques si drôles.

Alors pourquoi te mets-tu à pleurer ?

En voyant Minette dans le berceau à califourchon sur le bébé, ton sang ne fait qu'un tour. Tu la saisis, elle se laisse faire, feule soudain. Il n'y a pas que les hommes qui soient jaloux. Et ardemment, sournoisement, au point de devoir te séparer d'elle, pauvre Minette.

Avec Eddy ç'avait été à deux doigts. Tu ne savais plus si tu l'aimais. Parce que lui oui, tout le temps, te le jurant. Et Françoise ? Claudie ? Mais voyons, un simple baiser de théâtre, comme on fait tu sais, on prend le visage de sa partenaire, pose le pouce sur ses lèvres et n'embrasse que son propre doigt.

Aimer ailleurs, ce ne sont pas les occasions qui manquent quand tout conspire à plus de frissons, de complicités, de flirts, de délicieux regards en coulisse, même pour cinquante représentations, et une fois l'affiche décollée on retourne à ses amours, et tout était vrai, les serments, les éloges, les adieux au seuil de la loge. Oui, mais les hommes ne t'intéressent pas, tu les plaindrais même d'être si prévisibles, volages et séduisants. Quand tu avoues cela à Yvette, elle ouvre de grands yeux effarés. C'est justement cette lourdeur qu'elle trouve touchante. Elle a acheté à ton poupon une girafe, Zoé, en souvenir de la pièce que tu as jouée avec Eddy. Zoé, cela veut dire « vie » dans elle ne sait plus quelle langue.

La Comédie Caumartin, c'est une salle toute en longueur garnie de fauteuils en velours cramoisi, une scène peu profonde sertie au premier étage de loges minuscules et de coulisses étroites et sombres auxquelles on accède par des sous-sols noirs comme un four. Tu as signé pour trente représentations prolongeables en cas de succès. Il y en aura des milliers, un triomphe, qui commence modestement comme nombre de spectacles à Paris où l'on en compte des dizaines, puis des articles élogieux dans la presse, un bouche-à-oreille formidable et des réservations en pagaille. Marc Camoletti vient d'écrire et de monter un classique du boulevard, peut-on lire. L'on y rit à chaque scène. Courez-y. Camo lui-même n'en revient pas que sa petite histoire d'adultère fasse un tel tabac. Tout va très vite alors. Une tournée à travers la France est envisagée. Les Américains veulent acheter les droits pour réaliser un film, avec Jerry Lewis et Tony Curtis, pas moins. Chaque soir ce sont des salves de rires, des applaudissements à n'en plus finir, des célébrités dans la salle, des ministres au premier rang, car eux aussi ont bien droit de s'amuser un peu, et des admirateurs qui devant l'entrée des artistes trépignent d'avoir leurs autographes.

Les nuits, en revanche, sont moins amusantes. Biberons à préparer en somnambule, à donner en essayant de ne pas s'endormir, une couche à changer quand ce n'est pas une poussée de fièvre à cause des dents ou d'on ne sait quoi, et, dès le matin, branle-bas de combat, petits cris, pleurs. Alors vous me prenez dans le lit, bien au chaud, entre vous, où je gazouille jusqu'à midi, heureux comme un pape. C'est le bout du monde quand tu dors quatre heures d'affilée. Vous ne m'en voulez pas pour autant, je suis la huitième merveille, et à côté de moi les sept autres peuvent aller se rhabiller.

L'après-midi, quand le temps le permet, tu me déposes dans le landau et nous allons nous promener dans les jardins du Sacré-Cœur, et, d'un trait de funiculaire, en haut de la butte Montmartre, retour par la rue Ravignan et les Abbesses, ou rue Lepic. L'air souffle sur ce sommet, quand le ciel se penche sur mon landau en même temps que ton sourire, toujours un peu inquiet, une ombre y passe à la façon d'un nuage. Est-ce à cause du soir qui vient où tu me confieras à la gardienne, la mort dans l'âme, ou à Eddy quand il est libre ? Le dimanche c'est Mamu qui s'occupe de moi. Petits pots, bouillies et tutti quanti. Le tout propre comme un sou neuf. Mamu me tend vers toi comme un trophée lorsque tu reviens, et tu m'embrasses à bouche que veux-tu, les joues encore épaisses du fond de teint que tu n'as pas pris le temps d'ôter et qui se dépose sur les miennes, tout parfumé de ton amour.

Lorsque je serai en âge de t'accompagner, tu m'amèneras avec toi au théâtre, dans ta loge d'abord, où, transformée en soubrette, robe sombre et tablier blanc, tu disposeras tes cheveux en chignon à l'aide d'épingles et de laque, passeras sur ton visage le fond de teint, redresseras tes cils à l'aide d'une petite brosse, souligneras tes yeux d'un trait de crayon noir. Tes partenaires, me découvrant, fêteront ma présence par toutes sortes de compliments, pour les filles en m'embrassant, et les garçons en me serrant la main comme un vrai petit homme. Camo surgira dans la pièce, l'occupant presque en entier tellement il en impose avec son visage en longueur, en sourire, le cou rentré dans les épaules que soulève à tout propos un rire immense, et ses mains comme des pattes d'ours qu'il fait claquer avant de lancer un « Allez ! ma Cricri, fais-les rire ! » d'une voix tonitruante. Tu m'assiéras dans les coulisses, côté jardin, derrière un petit carré de plastique découpé dans le rideau derrière lequel je pourrai voir le spectacle, entendre les rires du public, surprendre tes entrées en scène et ta voix que je ne reconnais pas tout à fait, mais que tu changes quand, sortant, tu viens me voir, métamorphosée à nouveau en ma maman, et plus belle soudain, dans l'ombre de la coulisse, d'être passée l'instant d'avant sous les feux de la rampe. Une forme de tristesse viendra s'abattre sur moi pour me chuchoter ce que je sais depuis toujours : tu ne seras jamais à moi tout entière, ni même partagée, ou avec plus fort que moi. D'ailleurs, moins qu'un sentiment de tristesse, plus long que lui, ce sera, éprouvé à cet instant, celui d'une fatalité contre laquelle je ne pourrai pas lutter où, changeant continuellement de formes, de rôles, tu m'échapperas sans cesse, incapable de tenir le seul qui m'importe, celui de mère pour la raison que ça n'en est pas un, de rôle, mais une vérité comme brouillée désormais par ton talent à te métamorphoser en d'autres personnages. Derrière mon carreau de plastique, j'assisterai en somme à l'apparition d'une divinité qui, en costume de soubrette, serait descendue de l'Olympe de sa loge pour envoûter tous les vivants. Tous. Y compris moi.

En prévision de la tournée qui débutera un an plus tard, Mamu a suggéré de me mettre en nourrice. Elle me prendrait chez elle la fin de la semaine, et le reste du temps je serais dans une famille qui s'occuperait bien de moi. Elle a pensé à Madeleine et son mari qui ont deux enfants, un pavillon à Argenteuil où ils habitent avec Pépette. Pierrot pourrait leur prêter main-forte. Depuis ma naissance tu ne les as pas revus, à part Pierrot, en coup de vent. Il s'est lancé dans une carrière de boxer professionnel et n'a aucune envie de retourner à l'usine. Que Mamu veuille nouer des liens intimes avec la famille Muller ne te paraît pas être une bonne idée. D'une part parce qu'Eddy n'apprécie guère la tribu, que seul Pierrot a répondu au faire-part de naissance, et d'autre part Argenteuil est loin et y penser te met mal à l'aise.

Tu ne réponds rien. Un essai ? On verra, rien ne presse, maman. Elle a l'air fatiguée, ces derniers temps, patraque la Mule, selon Eddy. Des soucis de vésicule biliaire, des douleurs au côté, mais ça va passer. Avec elle, tout finit par passer, pas besoin de voir les médecins qui vous inventent toujours des maladies. À la médecine du travail, ils l'ont trouvée solide comme un roc. Qu'elle dit.

Je joue dans mon parc, sous le regard de mes deux divinités, en compagnie de la girafe Zoé dont les cornes et les oreilles, un peu de queue aussi, ont diminué de moitié à force de les aimer. Tu t'assieds derrière les barreaux, hors d'atteinte, comme si je voulais te manger toi aussi. L'envie, c'est sûr, ne me manque pas. Tu ne me quittes pas des yeux, suis chacun de mes gestes. Mamu me caresse la tête. Mes cheveux d'ange. Elles chuchotent entre elles. Je serre Zoé contre moi et m'endors dans le berceau de leur sourire.

Si, contraints et forcés de revenir à une époque qui n'est pas la leur au prétexte de nous réjouir ou nous attrister, les morts semblent s'ennuyer dans nos rêves, à l'inverse, dans les livres, ils font bonne figure, filent leur destin de sucre et d'amertume, traversent drame et bonheur sans se plaindre, c'est-à-dire sans chair. Le papier leur suffit, et le bruit des pages que l'on tourne. Mamu lit peu, des magazines quelquefois. Un travail apparemment sérieux qu'elle accomplit après avoir chaussé des lunettes différentes de celles de tous les jours, plus grosses, en écaille, et en mouillant son index à chaque page dont elle fait claquer le papier glacé comme si elle voulait l'arracher. Du coin de l'œil elle nous surveille, car nous sommes deux à présent. La cigogne m'a apporté une petite sœur, à moins qu'on ait trouvé cette dernière dans une rose, ou un chou plutôt, vu l'odeur qu'elle dégage et sa manie d'aller fouiller dans sa couche. À part cela mignonne, blonde comme les blés, et toujours prête à rigoler.

Tu es revenue de ta tournée de presque une année pendant laquelle je ne me rappelle pas avoir vécu. Ni avec qui. Eddy sans doute. Mamu, oui. Et la gardienne de l'immeuble qui s'occupe du ménage au théâtre de Dix Heures, l'après-midi, en bas. Je m'assieds devant la scène éclairée, vide, t'imagine sortir des coulisses, pirouetter, lancer ta jambe en avant, me saluer, puis Maria passe l'aspirateur et nous retournons dans la cuisine où m'attendent pour le goûter une tartine d'huile d'olive et un verre de lait. S'il fait beau, je joue dans la courette donnant sur la rue Germain-Pilon. En face, un boucher découpe et vend ses viandes. Un tapis de sciure peluche au sol, mêlée de bouts de gras, de peau. L'homme s'appelle Gaétan. Un nom de viande hachée selon moi.

Les jours de madame Sabaritch fleurent bon la poudre de riz et le chocolat chaud. La vieille dame nous accueille en même temps que la lumière qui, inondant son appartement, se dépose en rayons serrés sur un encombrement de meubles, de lustres, de bibelots qui, malgré leur multitude, ne réussissent pas à en étouffer la clarté. Tout brille et scintille, laissant cependant à l'ombre le soin d'organiser des recoins où je ne risquerais pas à m'aventurer. Madame Sabaritch est très vieille, gentille, parfumée, souriante, enrubannée, différente d'une grand-mère. Elle nous fait asseoir ma sœur et moi sur un canapé, entre des coussins au tissu fripé comme son visage, dans sa collection d'objets que nous complétons de nos figures sages et intimidées. Quand elle se penche pour nous remettre des illustrés ayant appartenu à ses enfants – et, mis à part les cartonnés, ils sont légers, cassants, zébrés de déchirures – je me retiens comme je peux d'éternuer sous les effluves de sa poudre de riz. Puis, allez mes chéris ! c'est l'heure du goûter, dans la cuisine, de grands toasts de pain de mie beurrés que nous trempons dans le chocolat. Je ne sais pas ce que nous faisons là, si c'est pour lui faire plaisir à elle ou aux parents qui l'aiment bien, ou pour son appartement plus clair que le nôtre, ou pour le chocolat bien meilleur que le Banania de chez nous. Madame Sabaritch avance à petits pas rapides, regarde l'heure à sa montre, ferme les yeux, les rouvre, balaye du regard ses murs tapissés de tableaux, et soupire. La rumeur du boulevard se noie dans ses rideaux. Sa maison est un nid perché au-dessus des arbres.

Puis un matin, Mamu est là. Dans notre chambre. Tu lui as trouvé un lit qui se déplie, deux pattes de fer qu'on rabat sur le parquet et un arrangement de ressort par-dessous. Replié, il a l'aspect d'un coffre en bois. Elle y dort, y mange, lit ses magazines, y sommeille une bonne partie de la journée. Tu l'as installée pour quelques jours, quelques semaines peut-être, le temps de sa convalescence en famille plutôt que de rester à la clinique, ou pire, chez elle à Levallois où elle risquerait de s'ennuyer comme un rat mort et d'aggraver son état. Car elle ne sait pas tenir en place, la Mule, toujours sur le pied de guerre à faire du ménage, préparer des gâteaux aux enfants ou des repas pour Pierrot que cela arrange de ne pas savoir cuisiner. Là, elle est bien obligée de se reposer, de prendre les médicaments, des forces, des vacances en quelque sorte.

Eddy n'est pas enchanté, nous les enfants, oui, et silencieux, sages comme des images devant cette chose soudain fragile, Mamu allongée dans son lit, son grand corps suspendu dans la pièce, au chaud sous les couvertures, solide malgré tout et qui n'a pas les yeux dans ses poches dès que s'annonce une dispute. Derrière elle, sur une tablette, une petite lampe de chevet verse une clarté de soupe au lait sur ses cheveux, son front, ses joues. Tu passes voir si tout va bien, la fièvre, les douleurs au côté, mais c'est normal, il faut que la plaie cicatrise. Le chirurgien a retiré les calculs, la vésicule est propre à présent et dans deux trois jours vous pourrez sortir ensemble, sur le boulevard, faire des emplettes rue Lepic. Pas plus loin, après ça monte sur la butte.

Je savais ce que c'est d'être au lit, j'avais déjà brûlé de fièvres carabinées. Mamu, elle, demeure sans moufeter, à demi assise, immobile. Tu lui retapes son oreiller, changes la taie, bordes les draps. On dirait qu'elle attend on ne sait quoi, quel dégel de son corps, quel moment propice pour animer ses bras, nous prendre, nous câliner. Je grimpe sur le lit, mon livre serré contre moi, celui des dinosaures dont je connais les noms sans savoir les lire, ceux qui vivent sur terre, ceux de l'air et des eaux, les carnivores, les herbivores, leur façon de courir, de dévorer, de fuir, de planer dans les airs et au dernier moment de fondre sur leur proie. J'invente leur vie féroce, elle m'écoute sans rien dire, elle ne savait pas que je connaissais tant de choses et de noms, tant de récits cruels. Il fait nuit déjà. Tu entres dans la chambre, prête à te rendre au théâtre. Allez, mon chéri, tu vas la fatiguer avec tes dinosaures. Mamu caresse mes joues, je redescends du lit, vous vous embrassez, et tu t'en vas, mitraillée de baisers.

Mamu n'a pas besoin de parler pour nous chérir. Même absente, elle est là.

Je joue aux petites voitures dans la chambre. C'est le matin. Les lattes du parquet sont des routes. Les accidents fréquents. Les bruits de moteurs formidables. Dans la cour, dehors, l'arbre se plume de nouvelles feuilles. Le lit de Mamu a été replié, rangé contre le mur. Je suis seul et la lumière va bientôt s'ennuyer avec moi. Les freins du camion crissent, une auto dérape, une porte claque dans la maison, c'est à peine si j'ai le temps de te voir passer derrière moi, dans le couloir, vers la salle de bains. Vêtue d'un grand manteau noir. En un éclair. Sous des lunettes de soleil. Ton ombre déplaçant de l'ombre. Et un hoquet au bord des lèvres. Un couinement plutôt, mouillé, de chaton. Ton passage n'a duré qu'une seconde, mais le temps vient de s'arrêter.

Cela n'aurait jamais dû arriver.

Pas à elle, pas à nous.

Tu l'avais accompagnée à la clinique la veille, pour sa vésicule que, cette fois, il fallait retirer. L'opération était prévue pour le matin très tôt. Vers midi, en sortant de la maison tu as acheté un bouquet, sachant que ça lui ferait plaisir, égayerait la chambre. À l'accueil, on t'a demandé de patienter. Trois infirmières fumaient en plaisantant. Ça te faisait envie à toi aussi, mais non, Maman n'aime pas que tu sentes le tabac froid.

L'attente se prolongeant, tu t'es assise, les fleurs sur les genoux. Puis tu l'as vu, le chirurgien, reconnu malgré sa blouse et son calot, venir vers toi, te parler, et toi, assise, à l'écouter, une averse de paroles, complications, hémorragie, et le cœur qui soudain a lâché. Mais elle va bien ?

L'homme regarde les fleurs, il est désolé, il a fait tout ce qu'il a pu, cela arrive une fois sur mille.

Une fois sur mille, Maman.

Ils l'ont mise dans une petite pièce, les bras le long du corps.

Elle repose.

Et sous ta main, la tiédeur de ses joues, encore. Eddy t'a rejointe, son bras autour de tes épaules. Tes larmes coulent en ruisseaux. Elle est toute pâlichonne. Presque pas morte.

Partie. Envolée.

Rideau.

Aux obsèques, il y a les amis, les confrères, les beaux-parents, les couronnes de fleurs, le tombeau, le cercueil, et elle dedans. Les Muller sont là, eux aussi, groupés auprès de celle qu'ils ont bannie, autrefois, qu'ils accueillent dans leur caveau. Ils ont vieilli, certains sont morts, tu n'en reconnais pas la moitié. En se jetant dans tes bras, Madeleine a poussé un cri déchirant. La terre ouverte bâillait, glacée. Tu es rentrée à la maison sans même savoir comment, en somnambule.

Les semaines suivantes, malgré Eddy, malgré les enfants à qui vous avez décidé de ne rien dire, tu brûles de larmes nuit et jour. Au théâtre, dans ta loge, tu te maquilles comme tu le peux, parce qu'il faut bien jouer, entrer sur scène, donner la réplique aux partenaires, amuser le public qui ne remarque rien et se réjouit de tes mimiques de comédienne alors que c'est une marionnette qui s'agite sur la scène, une mécanique privée d'âme, de cœur, de vie. Tu n'entends plus les rires qui explosent à chaque réplique, les applaudissements, les bravos. Les projecteurs n'éclairent plus personne, aucun décor. Les portes claquent dans le vide. Ta mère a emporté la vie avec elle.

Un matin, tu te rends à l'appartement de la rue Paul-Vaillant-Couturier avec Pierrot. À chaque objet, un sanglot se lève. Les rideaux de tergal aux fenêtres, la toile cirée de la cuisine, le dessus de lit repassé, un mouchoir sur la table de nuit, un verre vide à côté, tout te rappelle qu'elle est partie. Pierrot ouvre en grand les placards, fait le tri de ce qu'on peut donner, garder, jeter. Robes, chandails, jupes, manteaux, et son odeur à elle qu'on déplie, réveillant le souvenir des promenades faites ensemble, les photos serrées dans des boîtes, son sourire au moment de la quitter à la clinique.

À demain, embrasse les enfants pour moi.

Oui maman.

Pierrot a trouvé un cliché où vous êtes tous trois, assis dans l'herbe, Dieu sait où, et une autre au milieu des Muller, vous devez avoir quatre ou cinq ans, faites la grimace à cause du soleil. Tu essuies tes yeux pour mieux voir. Elle fait la tête, comme toujours, ta pauvre maman.

Une fois sur mille. Si son cœur a fini par lâcher, c'est qu'il n'avait plus le courage de battre. Trop de fatigue accumulée, d'années passées à l'usine, de privations, pour toi, rien que pour toi qui ne t'en rendais pas compte, parce que tu trouvais cela naturel, et le moyen même de râler quand tu n'obtenais pas ce que tu voulais. Tu l'avais épuisée lentement, en naissant déjà, puis la guerre, les cours de danse, les justaucorps, les tutus, et après cela les robes, les maquillages, les chaussures afin de faire la belle dans les cabarets pour des cachets de misère. C'est toi qui l'as usée jusqu'à la corde. Tous les week-ends à s'occuper des enfants, les promener, les gâter, et les soirs quelquefois quand vous sortiez, alors qu'elle se réveillait le lendemain à l'aube pour se rendre au travail.

Et sans jamais lui dire je t'aime.

Comme si cela allait de soi. Qu'il était inutile de le préciser.

Que, d'ailleurs, elle t'aimait pour deux.

Et puis c'est toi qui as insisté pour qu'elle se fasse opérer à nouveau, se débarrasse de cette affaire plutôt que de traîner des pieds comme à son habitude, même si elle se sentait mieux, qu'elle ne souffrait plus, que cela pouvait attendre, rien ne pressait et déjà l'usine lui manquait. Mais toi, non, tu avais recontacté la clinique, pris rendez-vous en urgence, rempli les papiers d'admission, signé de ton nom le formulaire, son arrêt de mort. Et le tien.

Pierrot a rempli la seule valise de la maison, à ras bord, qu'il apportera à Pépette à qui cela fera plaisir. Le reste, il le mettra en carton. Il peut garder ce qu'il veut, toi ce sont les photos, pour plus tard, parce que tu pleures assez ainsi.

La veille, tu as rêvé d'elle. Elle se tenait dans la cuisine à tu ne sais quelle tâche ménagère, vêtue de sa blouse de tous les jours, plus jeune peut-être, bien coiffée. Elle ne semblait pas te remarquer, vaquait à ses occupations, rapidement, comme pressée d'en finir, ou qu'elle était là de passage, que quelque chose l'attendait au-dehors. Tu t'es approchée, étonnée, presque heureuse à nouveau. Elle n'était donc pas morte ! Dire que tu avais pu croire une chose pareille. Mais non, c'était bien elle, vivante. Quel miracle, quel étonnement, quelle joie ! Suivis de quel réveil en pleurs !

Tu fermes la porte de l'appartement, embrasses Pierrot, les photos calées sous le bras. Tu déclenches la minuterie du palier. Ta vie tient dans une boîte à chaussures.

Le chagrin possède une aura qui se répand au-delà de ceux qui le portent. C'est lui que j'avais ressenti quand tu étais passée derrière moi comme une ombre. Son épaisseur sacrée, muette. Sa faculté de se confondre avec la nuit. Lui encore, toutes les semaines suivantes, à table pendant les repas, au moment de la toilette, ou lorsque tu m'amenais à l'école, et dans chacun de tes baisers, son poids, son odeur, son insistance que le réveil matinal et le coucher du soir ne justifiaient pas. Ton amour perdu se reportait sur moi et ma sœur comme si, asphyxiée de chagrin, tu ne pouvais revenir à la vie qu'auprès de l'air libre de notre amour. À voir tes yeux rougis, les mouchoirs dans ta main et tes regards absents, je devinais que quelque chose avait eu lieu qui n'était pas de l'ordre de la comédie. Cependant, je n'établissais pas de relation directe entre l'absence de Mamu et ton chagrin, d'une part parce que c'était la première grande absence, je la pensais provisoire, n'en éprouvais aucune peine, de l'autre parce que la cause de ton chagrin me demeurait obscure. Mamu, c'était bien embêtant qu'elle ne vienne plus. À mes questions, tu répondais qu'elle était partie, sans préciser où ni comment. Peut-être pouvait-on l'appeler au téléphone ? Non ? Alors je la rangeais dans un coin de mon cœur et l'oubliais.

Un jour, le lit a disparu. Cela faisait plus de place pour jouer.

Le dimanche, je venais avec toi au théâtre, derrière le carreau de plastique. Je connaissais tes répliques par cœur. Les comédiens entraient, sortaient, les portes claquaient, les gens rigolaient. Les sons me parvenaient étouffés, comme en rêve. Je suis dans l'ombre, immobile, et de l'autre côté c'est la vie. Dans les coulisses tout est sombre. Derrière la porte, les comédiens attendent leur tour. On dirait des figures de cire. Ils entrent en scène, jouent, s'animent, ressortent et reprennent leur figure figée.

Je les observe, intrigué.

Depuis le départ de Mamu, la maison ressemble aux coulisses. Sans le carreau pour voir derrière. Mais je finirais bien par découvrir la vérité. Et assister au spectacle en entier, découpé, là, dans la nuit. Mamu se tient près de moi. Elle aussi a hâte de regarder à travers la lucarne. Sa fille va bientôt arriver. On se serre tous les deux dans l'obscurité. C'est tout petit une scène de théâtre. Mais je sens qu'on va bien s'amuser.

C'est à peine si l'azur pâlit en été à six heures du soir. Je décroche un téléphone imaginaire. Au bout du fil, personne. Le refrain d'une chanson américaine.

Tout était allé très vite, les souffrances de plus en plus violentes, les maux de cœur, les étouffements, tes appels et l'avion qui m'avait ramené du Liban où autrefois tu avais triomphé en tournée, dont tu gardais de bons souvenirs, malgré Eddy et son aventure à Beyrouth, mais lui aussi était parti depuis longtemps, il ne restait que nous tes enfants.

Tout était allé trop vite, ta vie se retirait à chaque regard. Il avait dû en exister un dernier sur lequel tes yeux s'étaient fermés. Je ne l'avais pas croisé. On n'ose jamais dire adieu.

Nous étions restés près de toi. Le printemps patientait à la fenêtre. Par instant, de courtes mimiques agitaient ton visage. Peut-être, dans les profondeurs où tu naviguais, réunissais-tu tes personnages. Qu'ils s'animaient. Simplet et l'Eau de l'*Oiseau Bleu* du Théâtre du Petit Monde, la ballerine sur ses pointes, la jeune danseuse des *Paris Follie's*, Zénaïde en grand tralala, et la farandole des soubrettes, Joséphine, Marthe, Cathleen et Berthe, Fabienne, Adèle et Louisette, Mathilde, Rose, Georgette et d'autres dont le nom t'échappe, elles se pressent dans la lumière, secouent leurs colliers, leurs crinières, viennent saluer leur Étoile, depuis le temps qu'elles attendent ce jour, le grand final, le public en liesse, les fleurs qu'on foule par milliers, et sous les projecteurs, là, soudain, l'éternité.

Ce gouffre, j'en récoltais l'ombre, le silence à chacune de tes respirations. La poitrine se soulève, attend, puis une expiration, une apnée, et l'air à nouveau aspiré. Recommencé. De combien de respirations une vie est-elle faite ? De combien de milliers, de millions d'inspirations dont le calcul échoue à convertir la somme en amour ? De combien d'expirations dont le souffle porte la parole ?

Pour t'épargner des souffrances longues et inutiles, la responsable des soins palliatifs nous avait proposé d'augmenter la dose de morphine. Tu partirais ainsi dans ton sommeil, en douceur. Dans les bras de Morphée, comme tu nous le disais autrefois quand c'était l'heure d'aller au lit. Les soubresauts de ton visage n'étaient dus selon elle qu'à une réaction du système nerveux. Ils dureraient quelques heures, peut-être moins. Tu étais inconsciente, ne pouvais plus souffrir. Elle nous avait quittés sur ces paroles apaisantes. Mais qui continuait à vivre alors ?

Nous nous tenions de part et d'autre du lit, alertés à chaque respiration. Ma sœur te caressait la main, en larmes. Tu peux partir maman, nous sommes près de toi. Moi, l'âme, je la devinais sur tes lèvres, au bord de leurs commissures amères, aux ailes de ton nez se pinçant, sur ton front repoussant l'ombre, elle luttait dans la chair, se révoltait de je ne savais quoi, tes paupières closes, la trop grande finesse de ta peau, le souffle court de tes poumons. Elle semblait résister à l'attraction du néant, se débattant en rêve. Ou peut-être, à la façon malhabile des animaux, tentait-elle de voir le jour.

Cependant la vraie raison m'échappait.

Nous étions convenus de nous relayer à ton chevet. Il était l'heure de déjeuner. Je n'avais pas faim, vas-y, toi, j'irai après, et je laissais les femmes ensemble. La cafétéria donnait, au soleil, sur une cour peuplée de médecins et d'infirmières, de visiteurs, de patients. J'ai pris un café, un sandwich, comme on fait dans la vie ordinaire, une serviette en papier en guise de linceul.

Puis mon téléphone a sonné, sur l'écran le nom de ma sœur, un sanglot, c'est fini.

Tu ne m'avais pas attendu. Bien mieux, comme ces chrysalides longtemps observées dont on ne voit jamais jaillir le papillon, ton âme avait profité de mon absence pour tirer sa révérence. Don ou pudeur d'une mère pour un fils, d'une chair de sa chair trop pesante, présente, inadaptée à le recueillir, tu avais réservé ton dernier souffle pour ta fille. Ne restait plus que cette enveloppe muette, à la fois translucide et opaque, d'où la vie s'était retirée, emportant cette part de la mienne, l'enfance, pour me changer en orphelin. Je n'avais pas été aimé en vain. Je ne le serai plus que bercé de chagrin.

Tu as décidé de partir en fumée, et tes cendres répandues dans une boucle de Seine où tu avais appris à nager. Aux obsèques, on affiche complet. Ils sont venus, ils sont tous là, famille, amis, admirateurs, et la troupe en entier de ton dernier spectacle, dans une petite salle décorée sobrement, et c'est loin d'être la Comédie-Française mais il y a des rubans, un beau parterre de fleurs et un soleil d'été accoudé aux fenêtres. Chacun s'installe, se salue, chuchote, sort qui son mouchoir, qui le programme pour s'éventer en attendant le début, car il fait un peu chaud, on est un peu serrés, déjà émus. Ton image ne trône pas sur le couffin puisqu'on la garde dans le cœur où elle ne risque pas d'être altérée par le temps.

Roulement de tambour. Mesdames et messieurs, ladies et gentlemen, meine Damen und Herren, bienvenue, welcome, willcommen à l'ultime représentation de mademoiselle Christiane Muller qui aimait tant la vie, le cabaret, le théâtre qu'elle en a fait son métier, un rude métier auquel elle a sacrifié tant d'heures qu'elle aurait pu consacrer à ses enfants, mais le spectacle passe avant tout, avant la vie, avant la mort. Et la musique avant toute chose.

Un frisson circule dans le public qui m'observe, un peu étonné. Je n'ai pas l'habitude de paraître sous les feux de la rampe, ni toi, bientôt, sous ceux du crématoire. Il y a une première à tout. Le maître de cérémonie, un jeune homme vêtu d'un complet étriqué, s'avance pour dire quelques mots du ton compassé des professionnels de la mort, puis, comme je me tourne vers lui, il ajoute qu'il se rappelle les films dans lesquels tu l'avais fait bien rire. Cela lui a échappé, il s'arrête, vaguement gêné. On sourit dans l'assistance.

Vite, il faut enchaîner.

Par des chansons.

Des chansons toujours plus gaies, choisies parmi celles qui te ravissaient quand tu n'étais déjà plus une enfant. Judy et son arc-en-ciel au-delà duquel les rêves se réalisent, si douce et sucrée, suivie par la grande route jaune sur laquelle cheminent, main dans la main, un lion, un épouvantail et un homme de fer, et chacun sait qu'au bout du chemin il y aura le magicien, et que le magicien n'est qu'un vieil homme, parce que la vie est un mensonge qui dit la vérité, un cabaret où les filles sont toujours belles, jeunes, toi la première, au milieu de nous soudain, portée par la musique.

Cela a fait son effet. Sur le visage des spectateurs des larmes commencent à perler. Tu me l'as dit assez souvent, les spectateurs sont comme des gosses dont on attire l'attention en douceur, puis, au moment où ils ne s'y attendent pas, on lance la réplique qui fait mouche, mais pas surjouée la réplique, non, bien placée, et aussitôt on les met dans sa poche.

Mais ils n'ont pas encore tout vu, tout entendu, on leur a réservé le meilleur pour la fin, le plus joyeux, le plus entraînant. Le grand final.

Je sais que mon cœur va se briser. Je fais un signe au maître des cérémonies.

Et la chanson retentit.

Make 'em laugh, make 'em laugh. Don't you know everyone wants to laugh ?

Le chagrin envahit tout l'espace, tous les cœurs. Un vrai flamboiement de gaieté. Une explosion de joie au milieu du néant. À vous couper le souffle.

Je n'ai jamais vu tant de sourires mêlés aux larmes.
Je les suis à travers les miennes.
Même le croque-mort s'est mis à chialer.

Tu vois, maman, ça marche.
Oui mon chéri.
C'est les grandes eaux.
Bravo mon fils, un vrai Versailles.
Que fait-on à présent ?
Eh bien on baisse le rideau, mon amour.

Collection *La rencontre*

Serge Airoldi, *Rose Hanoï. Rencontres avec la couleur*, 2017
(prix Henri de Régnier de l'Académie française 2017)

Nathalie Azoulai, Serge Toubiana, *Ozu et nous*, 2021

Jean-Christophe Bailly, *Café Neon, Chemins grecs*, 2021 ;
Arléa-Poche, 2022

Dominique Barbéris, *Un dimanche à Ville-d'Avray*, 2019
(deuxième sélection du prix Goncourt 2019 ;
finaliste du prix Femina 2019)

Olivier Baumont, *Tombeau du jeune monsieur de Cinq-Mars*, 2021

Antoine Billot, *L'Année prochaine à New York. Dylan avant Dylan*, 2017

Sally Bonn, *Écrire, écrire, écrire*, 2022

Philippe Bonnin,
Katsura et ses jardins. Un mythe de l'architecture japonaise, 2019
(prix P. J. Redouté 2021 ; prix René Pechère 2020) ;

Éloge d'un jardin japonais, Arléa-Poche, 2023

Véronique Bruez, *Ici habite le bonheur*, 2022

Benoît Casas, *Venise toute*, 2022

Thierry Clermont, *La Balade de Galway*, 2021

Collectif, *La littérature est une rencontre*, 2016

Michel Crépu,
Beckett, 27 juillet 1982, 11 h 30, 2019

Only rock and roll. Avec les Rolling Stones, 2022
(finaliste du Prix Littéraire livres & musiques 2023)

Norbert Czarny, *Mains, fils, ciseaux*, 2023

Christian Doumet, *L'Évanouissement du témoin*, 2019

Hervé Dumez, *Incertain Paul Valéry*, 2016

Nadine Eghels, *Avec Paul*, 2023
(sélection de l'Académie royale de Belgique 2023)

Christophe Etemadzadeh, *La Vie sans savoir*, 2021
(prix Khôra-Institut de France de l'essai littéraire 2021)

Élisabeth Foch-Eyssette, *On ne peut pas toujours voyager mais on ne peut pas toujours rester au même endroit*, 2018 ;
Éloge des voyages et du repos, Arléa-Poche, 2021

Francis Grembert, *Éloge de l'alouette*, 2023
(première sélection du prix Renaudot essai 2023 ;
sélection du prix littéraire 30 Millions d'Amis 2023)

Vincent Hein, *La Disparition de Jim Thompson*, 2021 ;
Arléa-Poche, 2023
(prix Pierre Mac Orlan 2022 ; deuxième sélection du Femina 2021)

Philippe Herbet, *Fils de prolétaire*, 2022

Cécile A. Holdban, *Premières à éclairer la nuit*, 2024

Stéphane Lambert,
Avant Godot, 2016 ; Arléa-Poche, 2023
(prix Roland de Jouvenel de l'Académie française 2017)

Fraternelle Mélancolie. Melville et Hawthorne, 2018

Visions de Goya. L'éclat dans le désastre, 2019 ; Arléa-Poche, 2022
(prix André Malraux 2019)

Paul Klee jusqu'au fond de l'avenir, 2021 ; Arléa-Poche, 2023

L'Apocalypse heureuse, 2022
(prix Victor Rossel 2022 ; finaliste du Grand prix SGDL 2022 ;
finaliste de l'Académie royale de Belgique 2022)

Vincent Van Gogh, l'éternel dans l'éphémère, 2023

Yannick Le Marec,
Constellation du tigre, 2021
(sélection du prix 30 millions d'amis 2021)

Le Grand Pillage, 2022

Thierry Le Rolland, *Les Papillons de Nabokov, le boomerang de Gracq*, 2021

Gérard Macé, *Le Navire Arthur et autres essais*, 2020

Brice Matthieussent,
Les Jours noirs, 2019

Amérique fantôme, 2021

Arielle Meyer MacLeod, *Vues d'intérieur après destruction*, 2024

Akira Mizubayashi, *Dans les eaux profondes. Le bain japonais*, 2018 ; Arléa-Poche, 2021

Sébastien Ortiz, *Dans un temple Zen, Rencontre avec Guillaume Apollinaire*, 2017

Benjamin Pelletier, *Les Années discrètes. Territoires de l'enfance*, 2018
(finaliste du prix Marcel Pagnol 2018)

Marc Petitjean,
Le Cœur. Frida Kahlo à Paris, 2018 ; Arléa-Poche, 2022

L'Ami japonais. Kunihiko Moriguchi, Trésor vivant et peintre de kimonos, 2020

Mathieu Pieyre, *Le Professeur d'anglais*, 2022
(lauréat du prix Alain-Fournier 2023 ;
finaliste du Grand prix de la fiction de la SGDL 2023 ;
sélection du prix littéraire Lions Club 2024)

Olivier Rasimi,
Cocteau sur le rivage, 2019

Bébé, 2021
(première sélection du prix Renaudot essai 2021)

Martine Reid, *Ravissement. Sur un tableau du Caravage*, 2023

Ludivine Ribeiro, *Ma mère en toutes choses*, 2023

Patrick Roegiers, *Éloge du génie. Vilhelm Hammershøi, Glenn Gould, Thomas Bernhard*, 2019

Gemma Salem, *Où sont ceux que ton cœur aime*, 2019

Jean-Jacques Salgon, *Des graffs dans la nuit. De la grotte Chauvet à Judit Reigl*, 2021

Olivier Schefer,
Un seul souvenir, 2016

Une tache d'encre, 2017

Conversations silencieuses. L'art, la beauté et le chagrin, 2019

Un saut dans la nuit, 2021
(prix Cesson 2022)

Bruno Smolarz, *Giorgio Morandi, les jours et les heures*, 2016

Laurent Sorcelle, *Le Cèdre du Liban*, 2024

Nicolas de Staël, *Le Voyage au Maroc*, 2023

Brina Svit, *Le Dieu des obstacles*, 2021

Gilles A. Tiberghien, *Aux frontières du rêve. Un voyage en Asie*, 2023

Serge Toubiana, *Le Fils de la maîtresse*, 2022
(prix Marcel Pagnol 2022)

Fabienne Verstraeten, *V ou la mélancolie*, 2023
(sélection du prix Jean-Jacques Rousseau 2024)

Luc Vezin, *La Vie sans histoire de James Castle*, 2022 ; Arléa-Poche, 2023

François Warin, *Au commencement la beauté*, 2020

Natacha Wolinski, *Son éclat seul me reste*, 2020

ACHEVÉ D'IMPRIMER
AVEC SÉNÈQUE
EN DÉCEMBRE 2023
SUR LES PRESSES DE
LA NOUVELLE IMPRIMERIE
LABALLERY
À CLAMECY, YONNE

LA VIE, CE N'EST PAS ATTENDRE
QUE L'ORAGE PASSE,
C'EST SAVOIR DANSER SOUS LA PLUIE.

IMPRIM'VERT®

Numéro d'édition : 1362
Numéro d'impression : 312262
Dépôt légal : février 2024
Imprimé en France